グニッラ・ルンドグレーン 作
きただい えりこ 訳

ラミッツの旅

ロマの難民少年のものがたり

さ・え・ら書房

ラミッツの旅

――ロマの難民《なんみん》少年のものがたり――

この物語は、事実にもとづいています。
作中で語られる戦争と民族抗争《こうそう》は、
一九九〇年代から二〇〇〇年代まで
コソボで続いていました。
登場人物の名前は変えてあります。
ラミッツ・ラマダニーの本名は、マーション・ペイジャです。

もくじ

児童福祉協会へ感謝をこめて

（装画・装丁）　田島 董美

第1章

ぬすまれた集金箱

ぬすんだのはだれ?

「だれが集金箱をぬすんだの?」

先生の言葉に、クラス中がしずまり返った。休み時間が終わって、ぼくたちは、ちょうど自分の席についたところだった。

先生は教壇《きょうだん》に立って、ぼくたちを見おろした。

「集金箱がなくなったわ」と、強い口調でいった。「どろぼうは最低です。この中にぬすんだ人がいるはずよ」

先生は探《さぐ》るような目で、ぼくたちを順番に見つめた。その目が、女子の一人にとまった。

「ヒルダ、何か見なかった? 何か話すことは?」

ヒルダはびくっとして、真っ赤になってつぶやいた。

「何もありません、先生」

「ハンス、あなたは？」

「いいえ、何も見ていません」

「ヒルマ、クラウディア、トビーアス、ナディア、ヘルムート、ペーテル、メメット、ラミッツ、トーマス、マルクス……」

先生は、じわじわと追いつめるようにクラス全員にたずねた。一人ずつ、じっと見つめられて、ぼくたちは、びくびくしながらつぶやいた。

「いいえ、先生。何も知りません。いいえ、先生。何も見ていません」

先生は、教壇《きょうだん》の後ろに腰《こし》をおろした。

「そう、それじゃ何か分かるまで、ここにすわっているわ。犯人《はんにん》が名乗り出るまで、だれも教室から出ないように」

先生は声を荒《あら》げた。

「分かってるの!?　この中のだれかが、クラスのお金をぬすんだのよ、クラス旅行のためにみんなでためていたお金を。これで旅行はなくなったわ」

教室はしんとしていた。クラス全員が、無実の罪《つみ》に問われているみたいだった。だれも、顔を見あわせる勇気も、先生の方を見る勇気もなかった。何人かは窓《まど》の外を見ている。ぼくは、じっと前を見つめていた。うつむいて、机《つくえ》の上を見ているやつもいた。

「いつまでだって待つわよ」先生がいった。「時間は、たっぷりあるんだから」

そのとき、ヒルダが手をあげた。

「ラミッツとメメットが犯人《はんにん》だと思います」

ヒルダのとなりの席のクラーラもいった。

「そうです、ラミッツとメメットにきまってます」

ぼくはカッとして、頭が破裂《はれつ》しそうになった。立ちあがった勢《いきお》いで、いすが後ろにたおれた。

「なんだよ！　いつも、おれとメメットのせいにしやがって！」ぼくはさけんだ。「クソったれ！」

涙《なみだ》が、まぶたの裏《うら》でふくれあがった。泣いちゃだめだ！　泣いちゃだめだ！　声がふるえるのが分かった。

「クソッ、クソッ！　なんで、いつもおれたちのせいになるんだよ！　おまえらなんか、大っきらいだ！」

ぼくはいすをつかんで、かべに投げつけた。机《つくえ》もひっくり返した。メメットも立ちあがって、何かさけんでるみたいだったけど、先生やヒルダやクララに向かってなのか、ぼくに向かってなのか、分からなかった。

「おい、メメット！」ぼくはどなった。「行こうぜ！　おまえらになんか、もう二度と会うもんか！　うそつきども！　よわむし！　クソったれ！」

ぼくとメメットは教室をとび出すと、廊下《ろうか》をつっ走り、校庭をつっきって、校門をぬけ、通りへ出た。だれも追ってこなかったけど、走るのをやめなかった。これ以上、走れなくなったとき、バス停のベンチが見えて、ぼくたちは腰《こし》をおろした。メメットが鼻をすすりあげた。泣いてるみたいだった。ぼくも鼻をすすった。

「あいつら、何であんなこといったんだろう？」ぼくはつぶやいた。「おまえ、何か知ってるか？　集金箱、見たか？」

「いいや」メメットは鼻をすすった。

「じゃあ、何でおれたちのせいになるんだ？」

「そりゃ、おまえがジプシー*で、おれがトルコ人だからだろ」

メメットはいった。はっきりと。メメットのいう通りだった。それ以上、何もきく必要はなかった。

難民宿舎《なんみんしゅくしゃ》

そのとき、ぼくは十二歳《さい》だった。ドイツのエッセンという町に住んでいた。生まれてからずっと、この町以外のところに住んだことはなかった。父さんと母さんは、コソボ出身だ。ぼくが生まれる前に、ドイツに亡命《ぼうめい》してきたんだ。ぼくが小さいときは、エッセンの郊外《こうがい》にある、難民宿舎《なんみんしゅくしゃ》に住んでいた。難民宿舎《なんみんしゅくしゃ》は、レンガづくりの三階建ての建物と、大きなバラック小屋からなっていた。バラック小屋のわきには、サッカー場があって、そのほかは森があるだけだった。ぼくたちは、レンガづくりの建物の一階に住んでいた。となりには、ロシア人の一家が住んでいて、上の階には、ボスニア人の一家が住んでいた。三階には、父さんの一番上の兄さんと、その家族が住んでいた。みんな、難民《なんみん》だった。

父さんと母さんがドイツに来たばかりのときは、まだ、姉さんのアネータしか生まれていなかったけど、一年後にぼくが生まれて、それから三人の弟たち、上からアーサン、シェンデル、イェバートが生まれた。ぼくの名前は、もう分かってると思うけど、ラミッツだ。

家はかなりせまかったけど、上の階のボスニア人の一家なんか、もっとひどかった。子どもが七人いて、毎晩《まいばん》、寝《ね》る時間になると、マットレスをしくのに、家具を動かす音がする。朝になると、家具をもどす音がした。昼間は、マットレスがみんなたたまれて、部屋のすみっこに置いてあった。

通りをはさんだ向かいには、バラック小屋があった。前はユースホステルだったけど、難民用《なんみんよう》の宿舎《しゅくしゃ》にたて直されたんだ。

ぼくたちのいる建物に住んでいるのは、みんな家族づれだった。バラック小屋にも、子どものいる家族が少しいたけど、たいていは、男の人が一人で住んでいた。ぼくが通りをわたってバラック小屋に行くのを、母さんはとてもいやがった。ぼくは、兄弟や

＊ジプシー……主にヨーロッパに分散して放浪《ほうろう》生活をし、迫害《はくがい》を受けてきた少数民族ロマ人の蔑称《べっしょう》。

いとこたちと家で遊ぶようにいわれたし、暗くなってからは、絶対《ぜったい》に外に出ちゃいけなかった。でも、バラック小屋には、イワンっていう、ロシアから来た友だちがいたんだ。イワンのうちに行くのは楽しかった。*「ドラゴンボールZ」とか、「ハムナプトラ」とか、「トゥームレイダー」とか、おもしろいゲームや映画《えいが》のビデオがあったんだ。

バラック小屋では、いつも大音量で音楽がかかっていて、けんかやいさかいが絶《た》えなかった。毎週のように金品がうばわれたり、だれかがナイフで切りつけられたりしていた。ぼくも、麻薬《まやく》を売ってる人たちを見たことがあるし、小屋の廊下《ろうか》には、麻薬《まやく》をやっている人やよっぱらいが、しょっちゅう、うろついていた。入り口のそばは、とくにひどかった。イワンのところに行くときは、入り口を急いですりぬけるようにした。あぶなそうな連中のたまり場になっていたんだ。野球のバットで、殴《なぐ》り合いをしていることもあった。ポーランド人とロシア人がけんかしてたり、アルバニア人とロマ人がいい争ってたり、トルコ人とクルド人がいさかいを起こしたりしていた。

「みんな、同じ国のやつらとか、似《に》たようなやつらとつるむんだよ」イワンはいった。

「そういうもんだろ。だって、もしやられたら、どうやって身を守るんだ？」

そんなことを考えるのは、ぼくには気が重かったけど、イワンは、当然だと思っているみたいだった。

「ここじゃ、いつでも何か起きてるんだ、昼でも夜でもさ」イワンはいった。「けんかにパトカーに救急車。そんなの、いつものことだ」

ドイツに住んでいたとき、父さんは、ごみを売る仕事をしていた。最初の一年は、リヤカーのついた自転車に乗って、ごみを集めてまわった。それから、運転免許《めんきょ》をとって、車を買った。フォード・フィエスタだ。

ドイツ人って、自分の家やアパートから、とんでもないものをすてるんだ！　父さんは通りで、冷蔵庫《れいぞうこ》や掃除機《そうじき》やひじかけいす、テレビにスピーカー、ピアノまで見つけた。父さんが毎日集めてきた、いらなくなった掘《ほ》り出し物を、夜や休みの日になると、ぼくたち兄弟も手伝って仕分けをした。仕分けや修理《しゅうり》がすむと、父さんは、それらを売りにいく。銅《どう》や鉛《なまり》やすずなんかの金属《きんぞく》は、とくに貴重《きちょう》で高く売れた。

ぼくが覚えている最初の記憶《きおく》は、代理父母の任命式《にんめいしき》のパーティーだ。ロマの洗礼式《せんれいしき》と

＊「ドラゴンボールＺ」など……映画やゲームの名前。

よばれてる。確《たし》か、ぼくは三歳《さい》で、姉さんは五歳《さい》だったと思う。ほんとうなら、洗礼式《せんれいしき》はずっと前にすんでいるはずなんだけど、亡命《ぼうめい》していて、きちんとした式をなかなか挙げられなかったんだ。

代理父母がいると、いろんないいことがある。実の親が亡くなったとき、面倒《めんどう》を見てもらえるし、困《こま》ったときには助けてもらえる。おめでたいことがあると、いっしょに祝ってもらえたりもする。姉さんとぼくの洗礼式《せんれいしき》には、五十人もの人が集まったって、母さんが話してくれた。家で式を挙げるのは、とうてい無理だった。家にはそんなに大《おお》勢《ぜい》入りきらないし、食器もフォークもナイフもグラスも、全然足りない。父さんが会場を借りて、母さんとおじさんの奥《おく》さんが、何日もかけて料理をつくった。父さんは、楽《がく》団《だん》もよんできた。

残念だけど、式の写真は残ってないんだ。何度も引っ越《こ》すうちに、なくなってしまった。でも、楽団《がくだん》の演奏《えんそう》はすごくよかったって、父さんはいった。

「ロマのお祝いには、音楽がなくちゃな！」って、父さんはいつもいう。そして、笑いながら、若《わか》いころは、イタリアでストリートミュージシャンをしていたんだって、誇《ほこ》らしそうに話すんだ。

洗礼式《せんれいしき》で一番よく覚えてるのは、代理父母に新しい服を買ってもらったことだ。ぼくは、ぱりっとしたジャケットとズボンのりっぱなスーツに白いシャツ、黒のネクタイに、つやつや光る黒い革《かわ》ぐつ。姉さんは、ひだかざりのついた白いドレスに白いくつ下、とめひもとヒールのついた赤いくつ。あんまり着飾《きかざ》りすぎて、ほとんど身動きできないくらいだった。

「ちょっと、ふき出さないでよ！」ぼくがコーラを飲んでいると、姉さんがものすごいけんまくでいった。

姉さんたら、ドレスを汚《よご》したくなくて、一口も飲んだり、食べたりしなかったんだ。ぼくたちはそれぞれ、ソファのクッションにもたれてすわって、まるで王子さまとおひめさまにでもなったみたいだった。もちろん、冠《かんむり》はかぶってないけど、うでには、代理父母からもらったばかりの金のうでわをつけていた。ほんものの金を持ってるなんて、すごく誇《ほこ》らしかった。小さなプレートに、ぼくの名前が彫《ほ》ってある。うでわは、ぼくの持ち物の中で、一番りっぱなものだ。絶対《ぜったい》に手放したりなんかしない。代理父母が、姉さんとぼくの髪《かみ》をひと房《ふさ》ずつ切り取ったことも覚えてる。それぞれの髪《かみ》の房《ふさ》を、赤いキャラメルといっしょに赤いショールに包んだ。赤くてあまいものには、楽しくすてきな人生を送れるようにっていう意味がこめられているんだ。包むときは、ショールに結び目ができないよう、気をつけなくちゃいけない。結び目があると、幸運が逃《に》げていってしまうんだ。

洗礼式《せんれいしき》が終わると、ショールは玄関《げんかん》のドアの後ろにかけられた。三日後に、父さんは、ショールを川に投げこんだ。

「子どもたちが、楽しくすてきな人生を送れますように！　川がとうとうと流れるように、末永《すえなが》く幸せでいられますように」

町の中心から、ルール川を見るたびに思うんだ。どこか遠くの、川が海へとたどり着くあたりに、ぼくの髪《かみ》のひと房《ふさ》があるんだって。

学校

小さいとき、ぼくは幼稚園《ようちえん》に通って、ドイツ語を学んだ。家では、母語のロマニ語を*話した。幼稚園《ようちえん》は楽しかった。先生はやさしくて、いろんな部屋におもちゃがたくさんあった。ぼくは、レゴを組み立てるのが一番好きだった。家には、おもちゃなんてほとんどなくて、ごみの中からひろってきたのが少しあるくらいだった。六歳《さい》になると、学校へ通いだした。学校も楽しかった。でも、先生に、ぼくのドイツ語は他の子たちのようにうまくないっていわれて、一年生をもう一回やるはめになった。ぼくが他の子たちとはちがうってことに気づいたのは、このときがはじめてだった。

大きくなるにつれて、ドイツ人の子たちとはちがうってことが、もっとはっきり分かってきた。ぼくの着ている服は、ドイツ人の子たちと変わらなかった。父さんと母さんは、ぼくたち兄弟に、ちゃんとした格好《かっこう》をさせるようにしていたんだ。ドイツ人の子たちより、いい服装《ふくそう》をしていたくらいだ。でも、服やくつのことをいってるんじゃない。ぼくがいってるのは、同じものを食べなかったり、同じ祝日を祝わなかったり、同

*母語のロマニ語……ロマ人が使っている言語。ロマ語とも。

じ歌をうたわないってことだ。ドイツ人の子たちは教会へ行って、ぼくたちはモスク*へ行った。ときどき、ぼくは父さんに、どうして他の子たちと同じようにしないのか、きいてみた。父さんは、きまってこういった。

「父さんたちの伝統《でんとう》なんだ。ずっとそうやってきたんだよ、父さんの父さんも、おじいさんも、ひいおじいさんも。だから、父さんたちもそうするんだ」

ぼくはときどき、クラスの友だちの家に遊びに行ったけど、自分の家には、絶対《ぜったい》にだれもよばなかった。ぼくの家は、みんなの家とはまったくちがっているような気がしたんだ。みんなの家は、こんなにせまくないし、においもちがった。ドイツ人の子たちには、自分の部屋があって、本だなも、本やおもちゃでいっぱいだった。ドイツ人のお母さんたちは、ココアやハムのサンドイッチをごちそうしてくれた。イスラム教徒だから豚肉《ぶたにく》のハムは食べられないんです、というのは失礼な気がして、ぼくはいつも、おなかがいっぱいなんです、といって断《ことわ》った。ココアは濃厚《のうこう》な味がした。家では、牛乳《ぎゅうにゅう》なんか飲んだりしないで、いつもお茶だった。

ある晩《ばん》、父さんがぼくにプレゼントを持って帰ってきた。リボンのかかった、すてきな包装紙《ほうそうし》にくるんであった。

「あけてごらん」父さんが、いたずらっぽくいった。

中身は、プレイステーションだったんだ！　それも新品の！　まだ、だれも使ってない！　翌日《よくじつ》は、はじめてクラスの友だちを家によんで、暗くなるまで、夢中で「鉄拳《てっけん》2」をした。


クラスには、ロシア人の子とアルバニア人の子がいて、ぼくはたいてい、その子たちといっしょに過《す》ごしていた。三年生のとき、メメットがやってきた。メメットは、トルコ出身で、ぼくたちはすぐに親友になった。でも、おたがいの家に遊びにいったことは一度もなかった。

四年生になると、地理を習いはじめた。先生が、教壇《きょうだん》のわきに大きな世界地図をかけて、クラス全員がそれぞれ自分の出身国を示《しめ》しながら、短い発表をすることになった。

メメットは、トルコについて、イスタンブールと金銀財宝《ざいほう》の話をした。

「イスタンブールは、世界で唯一《ゆいいつ》、二つの大陸にまたがる都市です。ヨーロッパとアジ

＊モスク……イスラム教の寺院。

アの両方にまたがっています」

ぼくは感心した。

「トルコで、金を見たことある?」と、メメットにきいた。

メメットは、自分はトルコ人だけど、イスタンブールに行ったことはない、といった。全部、図書室で借りた本で読んだそうだ。本にのっていた、スルタンの城《しろ》の王冠《おうかん》や宝箱《たからばこ》の写真を見せてくれた。すごく豪華《ごうか》だった。

カメールはアルバニアについて、アレックスはロシアについて話した。どちらの国も、ゆたかでめぐまれてる。ぼくは、できれば発表なんてしたくなかった。どの国のことを話せばいいかも分からない。だって、ドイツで生まれて、他のどこにも行ったことがないんだから。図書室でどんな本を調べたらいいのかも分からなかった。

先生はぼくのいうことに耳を貸《か》さないで、次はぼくが発表する番だといいだした。しかたなく、ぼくは父さんに何を話したらいいかきいてみた。

「セルビア人だっていいなさい」父さんはいった。「父さんたちの国は、ユーゴスラビアといったんだが、今じゃ、すっかり変わってしまった。戦争をしているんだよ、だから、セルビア人だといっておいた方がいい」

ぼくは図書室へ行って、セルビア人とかいう民族のことが書いてある本はないか、たずねた。本はなかったけど、司書の先生が「ユーゴスラビアの国と民族」という本を貸《か》してくれた。

きっと戦争が起こる前に書かれた本だ。

でも、ラッキーなことに、セルビア人のことも、首都がベオグラードだっていうことも書いてあった。おかげでベオグラードについてすっかり分かったし、地図で場所を示《しめ》すこともできた。

「でもねえ、ラミッツ？　あなた、ジプシーじゃないの？」発表が終わったとき、先生がいった。

「ベオグラードに行ったことはあるの？」

ぼくは答えにつまってしまった。何て答えたのかも覚えてない。覚えてるのは、ただ真っ赤になって、みんなの前につっ立っていたことだけだ。

ジプシーって何だ？　自分の国がないんだろうか？　家では、自分たちのことをロマといい、けっして「ジプシー」とはいわなかった。ぼくたちがどんな民族で、どこから来たのか、だれも教えてくれなかった。そういう話は、家でしたことがなかった。ぼくもたずねなかったんだ。

第二次世界大戦

五年生になって、第二次世界大戦について習った。そこではじめて、ジプシーについて読んだ。ロマじゃなくて、「ジプシー」と書いてあった。読んでいて、ちっとも気持ちのいいものじゃなかった。ジプシーがどんなに貧《まず》しいかとか、トレーラーやテントで移動《いどう》して暮《く》らしているとか、呪術《じゅじゅつ》や物乞《ものご》いをするって書いてあった。ヒトラーが、ジプシーやユダヤ人をきらって、皆殺《みなごろ》しにしようとしたことも書いてあった。ジプシーやユダヤ人は、みんなつかまえられて、収容所《しゅうようじょ》に送られたんだ。そこで髪《かみ》をそられて、拷問《ごうもん》された。飢《う》え死《じ》にしなかった人たちは、ガス室におしこめられて燃《も》やされた。ガス室から出る煙《けむり》は、人間の肉の焼けこげるにおいがしたそうだ。本に書いてあったのは、ほとんどがユダヤ人のことで、縞《しま》の囚人服《しゅうじんふく》を着た、がりがりにやせたユダヤ人の写真ものっていた。

ロマの写真がなくてよかった。そんなものを見なくちゃならないなんて、ぞっとする。

でも、第二次世界大戦について知るのはおもしろくて、ロマについて、もっと知りたくなった。……先生に、こういわれるまでは。

「ラミッツ、とても興味深《きょうみ》いわね。親戚《しんせき》の中で、第二次世界大戦中に連行された人がいるかどうか、家の人にきいてみたら。自分のルーツを知るのは大切なことよ」

ぼくは先生を見つめた。頭がどうかしてるんじゃないか？　だれにきけっていうんだろう？　母さん？　料理に洗濯《せんたく》に、家族の世話でいそがしいのに。父さん？　夜遅《おそ》く帰ってきて、つかれてるのに。そんなひどいことをきいて、父さんや母さんを傷《きず》つけたり、悲しませたりしたくなんかない。

翌日《よくじつ》は、朝起きるのがいやだった。

「かぜひいたみたい」ぼくは母さんにいって、わざとせきをしてみせた。

うそがうまくいったのは一日だけで、翌日《よくじつ》は、また学校へ行かなくちゃならなくなった。昼休み、ぼくはクラスメートの一人とけんかした。けんかするのはしょっちゅうだし、別にたいしたことじゃなかったけれど、今回はちがった。相手をあおむけにたおして、おなかに馬乗りになったとき、そいつがいったんだ。

「ジプシーのクソったれ！」

「なんだと？」ぼくはどなった。「もう一回いってみろ！」

「ジプシーのクソったれ！　乞食《こじき》やろう！」

ぼくは、そいつの顔をぶん殴《なぐ》った。

「乞食《こじき》やろうだって！　なんだ、乞食《こじき》やろうって！　おれは、乞食《こじき》じゃないぞ！　よっぱらって、道ばたにねそべって吐《は》いてんのは、おまえらドイツ人だろうが！」

ぼくはもう一発、ぶん殴《なぐ》った。それから家に帰った。

翌日《よくじつ》、殴《なぐ》ったことを先生にしかられた。「鼻血が出たのよ！　分かってるの？　保健《ほけん》室《しつ》で手当てまでしてもらわなくちゃならなかったのよ。かわいそうに」

ぼくは、あやまるようにいわれた。でも、あやまりたくなかった。

「あいつが先にあやまるべきです。ぼくのことを『ジプシーのクソったれ！　乞食《こじき》やろう！』っていったんです」

「でも、あなた、ジプシーでしょう」先生はいった。

どいつもこいつも最低だ！　何にも分かっちゃいない、大ばかだ！　休み時間、メメットがなぐさめてくれた。ドイツ人は大ばかだって、メメットもいった。ヒトラーがいい例だよ、まったく。

「こんなとこ、出ていっちまおうぜ」ぼくはいった。

ぼくたちは、学校をぬけ出した。

その日から、メメットとぼくは、学校をさぼりだした。いつも通りに起きて、朝ごはんを食べて、かばんに荷物をつめて、他のやつらと同じように出かける。でも、学校へ行くかわりに、いろんなショッピングセンターを一日じゅうぶらついた。映画館《えいがかん》でアメリカのアクション映画《えいが》を見たり、ケバブ＊を食べたりすることもあった。毎日が充実《じゅうじつ》して、楽しかった。学校が終わる時間は、きちんと守った。三時になると、家に帰った。

「学校はどうだった？」夜、ぼくたちがテーブルで宿題をしていると、父さんはきまっ

＊ケバブ……中東地域でよく食べられている焼き肉料理。

てたずねた。

「うまくいってるよ」と、ぼくはいって、歴史の教科書に集中しようとした。

父さんは、学校のことには熱心だった。毎晩《まいばん》、ぼくたちが、居間《いま》でちゃんと勉強をしているかどうかチェックした。そういうときは、テレビを見たり、他のことをしたりしていちゃいけなかった。ぼくたちは宿題を教えあったり、問題を出しあったりした。まだ四歳《さい》のイェバートは、いつもこういってごねた。

「ぼくも学校に行って、宿題したい！」

そのうち、どんなところか分かるさ、と思いながら、ぼくは、そばにいるイェバートに教科書をちょっとめくらせてやった。イェバートはすっかりやじ馬になって、歴史の本の中の、がりがりにやせたユダヤ人たちを見たがった。ぼくは、あの写真が大きらいだったけど、イェバートは、「『がいこつ』を見せて」といってきかなかった。

メメットとぼくは、あいかわらず、ショッピングセンターへ「通学」していて、数週間たつと、とうとう先生から、重い病気なのかと電話がかかってきた。電話に出たのは、母さんだった。母さんは、ドイツ語があんまりうまくないけど、ぼくは病気じゃなくて、学校に行ってるはずだって答えた。その晩《ばん》、母さんが父さんに何もかも話すと、父さんは激怒《げきど》した。

「なんでそんなことをしたんだ？　おまえの将来《しょうらい》のために、父さんは懸命《けんめい》に働いているんだぞ。おまえたち兄弟のために、通りを行ったり来たりして、ごみを集めてるんだ。かばん一つでドイツにやってきた父さんには、着がえの服と自分の文化しか持ちあわせていなかった。おまえのようにめぐまれてはいなかったんだぞ。先生に何ていえばいい？　おまえは、父さんと家族みんなに恥《はじ》をかかせたんだ！」

ぼくはだまっていた。じっと床《ゆか》に目を落としていた。父さんのいう通りだ。父さんは正しい。でも、まちがってる。何も分かっちゃいない。

翌朝《よくあさ》、父さんはぼくを起こしていった。

「これから仕事に行くが、ラミッツ、おまえはどうするか、自分で考えなさい。学校をさぼったのは、おまえ自身が決めたことだ。これからもそうするかは、おまえが決めなさい。正しいこととまちがっていることの区別がつかなかったということはできないし、他人のせいにすることもできない。自分の道は、自分で決めるんだ」

ぼくはかばんを背負《せお》うと、学校へ向かった。メメットもやってきた。

「殴《なぐ》られたか」メメットがきいた。

「いいや」ぼくは驚《おどろ》いていった。

父さんがぼくたちを殴《なぐ》ったことなんかない。でも、メメットの父さんは、メメットをむちで打ったんだ。メメットは、ぼくに青あざを見せた。

ぼくたちは変わろうとした。まじめに宿題をして、授業中《じゅぎょうちゅう》は、きちんと手をあげて発言して、休み時間も、とにかくやたらとけんかをしないようにした。それでも、何かあると、みんな、ぼくたちのせいにされた。つらかったけど、がまんした。怒《いか》りをおさえた。文句《もんく》もいわなかった……集金箱をぬすんだっていわれるまでは。その日から、もう後もどりはできなくなったんだ。

第2章

イワン雷帝《らいてい》

バラック小屋

集金箱事件《じけん》の翌朝《よくあさ》、父さんが、いつもと同じ七時半にぼくを起こした。

「起きなさい、学校に遅《おく》れるぞ！」

もう学校に行けないことは分かっていた。あんなうそつきどもには、二度と会うもんか！　同じクラスになんかいられない。同じ学校にだっていられない！　絶対《ぜったい》に無理だ。がまんできなくて、またけんかしてしまう。

ぼくは起きて着がえると、パンをひと口食べて、水を少し飲み、かばんを背負《せお》って家を出た。さて、どこへ行こう？

少しぶらぶら歩いてから、メメットの家の方に向かった。メメットが出てくるまで、入り口の前でしばらく待っていた。

「よう、調子はどうだ？」メメットが出てきて、きいた。

「最悪だよ」ぼくはいった。「なあ、リアル・マーケットに行かないか？」

やめとくよ、とメメットはいった。学校へ行かないと、また父さんにぶたれるんだ。ぼくたちはしばらくだまって歩いた。それから、メメットは学校へ、ぼくは反対の方へ向かった。

メメットがいないと、ショッピングセンターも、ちっともおもしろくなかった。ぼくは、スポーツ用品店でサッカーシューズを見たり、フリーペーパーをめくったり、電気屋のテレビをながめたりした。お金がなくて、食べ物は買えなかった。ようやく一時間たったけど、まだあと五時間もある。

イワンの家に行こうか？　イワンは、親父《おやじ》さんとバラック小屋に住んでる、ロシア人の友だちだ。イワンの家には、よく映画《えいが》のビデオを見にいっていた。確《たし》か、イワンは学校に行ってなかったはずだ。

家族のだれにも見つからないように、森からサッカー場にぬける遠まわりをして、バラック小屋へ行った。

イワンの家のドアをたたいたときは、もう十時半だった。返事はなかったけど、ドアがあいていて、中に入った。つきあたりは小さな台所になっていて、台所の手前には、イワンと親父《おやじ》さんが、寝《ね》たりテレビを見たりしている部屋がある。まだ寝《ね》てるんだろうか？　もう、日も高い時間なのに？　ぼくは、ドアのすきまからのぞいた。やっぱり二人とも、ベッドに横になって眠《ねむ》ってる。親父《おやじ》さんはいびきをかいていた。

その場に立って、ちらかった部屋をながめていると、イワンが目をさました。イワンは驚《おどろ》いたふうもなく、すばやくズボンをはくと、ぼくといっしょに台所へ入った。

「へーえ」イワンがつぶやいた。「なるほど、さまよえる血が、ジプシーをここによびよせたってわけか」

イワンはよく、ぼくのことを「ジプシー」とか「放浪者《ほうろうしゃ》」ってよんだけど、べつに腹《はら》が立ったりはしなかった。ぼくも、イワンのことを「ロシア野郎《やろう》」とか「イワン雷帝《らいてい》」ってよんでいた。父さんがいっていたけど、十六世紀のロシアには、そういうふうによばれた残忍《ざんにん》な皇帝《こうてい》がいたそうだ。四回結婚《けっこん》して、子どもたちはほとんどみんな死に絶《た》えて、皇帝《こうてい》自身も、弟の妻《つま》や大勢《おおぜい》の人たちを殺したんだって。

「腹《はら》へってるか？」イワンがきいた。

イワンは声を落とすと、うっとうしそうに部屋の方を示《しめ》した。

「親父《おやじ》を起こすとまずい。朝はきげんが悪いんだ」

ぼくはテーブルについた。テーブルは、空になったビールの缶《かん》や酒びん、吸《す》いがらでいっぱいの灰皿《はいざら》や薬のびんでちらかっていた。イワンが冷蔵庫《れいぞうこ》をあけた。

「おいおい、何もねえや。惣菜《そうざい》も残ってない。珍味《ちんみ》は食っちまったし、ウォッカは飲んじまったし、ハムもぶちまけちまった」

イワンはぼくの向かいにすわった。

「学校、さぼったのか？」

ぼくは驚《おどろ》いた。さぼるって何だか、知ってるのか？　学校に行ったこともないのに。曜日なんかも知ってるんだろうか？　時間の読み方も？

「おまえんちに、何か食うもん、ないか？」イワンはしゃべり続けた。「すげえ腹《はら》へってんだよ」

ぼくは、何ていったらいいか分からなかった。もちろん、家には食べ物があるけど、今は取りにいけない。母さんが家にいるはずだし、途中《とちゅう》で親戚《しんせき》のだれかに会うともかぎらない。

「声が出ねえのか？　ポリープができたか？　舌《した》がマヒしたか？　扁桃腺《へんとうせん》がはれたか？　おたふくかぜか？　偏頭痛《へんずつう》か？」

イワンはひたいにしわを寄《よ》せ、いかにもうさんくさそうにぼくを見た。

「よし、ジェスチャーを使おう！」

そういうとおなかを指さして、テーブルの上のごみくずを食べるしぐさをした。それから、ごみの山にほとんど埋《う》もれかけている床《ゆか》にかがみこんだ。イワンは、テーブルの下に落ちていた、ごみの入った袋《ふくろ》をいくつかひろって、中身を空にするといった。

「空き缶《かん》や空きびんをひろうの、手伝えよ。万国共通の難民《なんみん》の仕事だぞ」

ぼくたちは、缶《かん》やびんでいっぱいにした袋《ふくろ》を四つ、スーパーに持っていった。それをリサイクルの機械に入れ、もどってきたお金で、パンとソーセージとお菓子《かし》とコーラを買った。イワンは外で食べようといったけど、ぼくは、家族のだれかに見つかるんじゃないかとヒヤヒヤして、結局、バラック小屋にもどった。バラック小屋にある、ビリヤード台の置いてあるプレイルームへ行くことにした。

プレイルームは荒《あ》れ放題だった。カーテンは半分ずり落ちていて、ひじかけいすにすわると、とび出したバネが背中《せなか》に当たった。ビリヤード台の上には、空になったグラスが置きっぱなしになっていて、台の上にしかれた緑の布《ぬの》は、黒い小さな穴《あな》だらけだった。

「吸《す》うか？」イワンが、台の上からたばこを一本つまみあげた。

ぼくは首をふって、ソーセージをイワンにやった。

ぼくたちは床《ゆか》に腰《こし》をおろした。

「ああ、そうだったな」イワンは、ソーセージにかぶりついた。「おまえ、羊の肉しか食わないんだったな。でも、ここドイツじゃ、豚《ぶた》がうまいんだぜ、ブ・タ・が」イワンは、わざと大げさなドイツ語で発音してみせた。

イワンはぼくと同い年で、学校に行ってないのに、いろんなことを知っていた。ロシア語、ポーランド語、ドイツ語、英語ができたし、トルコ語、ボスニア語、マケドニア語、セルビア語、アルバニア語も分かった。それにロマニ語も。

食べ終わると、イワンはたばこを何本か吸《す》った。それから、ぼくたちはちょっとビリヤードをして、テレビのスイッチを入れた。テレビはつかなくて、ぼくたちはイワンの家にもどった。親父《おやじ》さんはもう起きていて、ほおづえをついて、台所のテーブルにすわっていた。

「くそ、気分が悪い」といって、ため息をついた。

イワンは、親父《おやじ》さんに水を一杯《ぱい》わたすと、ぼくといっしょに部屋に行った。残りの時間は、「ハムナプトラ」の映画《えいが》を見たり、「トゥームレイダー」のゲームで遊んだりした。学校が終わる三時に、ぼくは家に帰った。

その夜、ぼくはこっそりかばんに食べ物を入れて、翌日《よくじつ》もイワンの家に行った。そんなふうにして何週間かたったある晩《ばん》、先生から電話がかかってきた。母さんが出て、すぐに父さんとかわった。父さんは話をききながら、うなずいていた。ときどき、こういった。

「ええ、ええ。それはひどい。いやいや、まったく。分かりました。ありがとうございます。どうもすみません。先生、どうも」

電話の後、父さんは何もいわなかった。ぼくの方を見もしなかった。じっとソファにすわったまま、ビールの缶《かん》をあけた。

夜中に、だれかが泣いている声で目が覚めた。ぼくはそっと居間《いま》のドアをあけた。父さんは、まだソファにすわっていて、なんと泣いていたんだ！　父さんが泣くのを見たのは、はじめてだった。母さんはときどき泣くけど、父さんが泣くなんて！　床《ゆか》には、空になったビールの缶《かん》がいくつも転がっていた。父さんも、イワンの親父《おやじ》さんみたいになっちゃったんだろうか？　ぼくが学校をさぼったから？　ぼくは、そっとベッドにもどった。母さんと父さんが、低い声で話すのがきこえた。父さんは、ときどき、鼻をすすった。

「どうしたらいいんだ！　この先、いったいどうなるんだ？」

母さんがなぐさめた。

「だいじょうぶよ。そのうち、よくなるわ。きっとどうにかなる。これも神様のおぼしめしよ。辛抱《しんぼう》しなくちゃ」

どうやって辛抱《しんぼう》する？

翌日《よくじつ》、ぼくはいつものようにイワンの家に行った。パンとチーズを少し持っていった。台所のテーブルをかたづけてすわったとき、イワンにきいてみた。

「親父《おやじ》さん、アルコール依存症《いぞんしょう》なの？」

「親父《おやじ》にきけると思うか？」イワンはそういうと、朝めしの前にそんなことを話す元気はないな、とつけ加えた。

ぼくたちは、だまって食べた。パンがなくなると、イワンがきいた。

「おまえの親父《おやじ》、酒飲むのか？」

ぼくは、ゆうべの出来事を話した。イワンは、真剣《しんけん》にきいていた。

「おまえの親父《おやじ》、ＡＡに行った方がいいな」イワンはいった。「『匿名《とくめい》アルコール依存症《いぞんしょう》会』の略《りゃく》だよ。毎週木曜の夜、プレイルームで集まりがあるんだ。親父《おやじ》はときどき行ってる。ほとんど、世間話をしてるだけだけどな」

父さんがそんな集まりに行くとは思えなかった。だいたい、父さんはアルコール依存《いぞん》症《しょう》なんかじゃなくて、ただ、どうやって辛抱《しんぼう》したらいいのか、分からなくなってるだけなんだ。

「おれの親父《おやじ》は、辛抱《しんぼう》するために飲んでるぜ」イワンが、きっぱりといった。「それで落ち着いて、めしを食えるんだ」

そういうと、イワンは突然《とつぜん》泣きだした！

「おふくろは辛抱《しんぼう》できなかった」イワンは泣きながらいった。「それで出ていっちまったんだ」

ぼくは心臓《しんぞう》が止まりそうになった。イワンがお母さんの話をしたことは、これまで一度もなかった。どうして出ていっちゃったんだ？　イワンを見すてて、親父《おやじ》さんと二人っきりにしていくなんて！　自分の子どもを置いてくなんて！

ぼくは、何ていったらいいか分からなかった。ぼくには、母さんも、アルコール依存《いぞん》症《しょう》じゃない父さんも、姉さんと三人の弟も、おじさんもおばさんも、五人のいとこたちも、みんな、このドイツにいる。ごはんだって毎日食べられる。

「うちに引っ越《こ》さない？」しばらくして、ぼくはいった。「きみさえよければ」

「親父《おやじ》はどうするんだ？」イワンは鼻をすすった。

確《たし》かに無理な話だった。親父《おやじ》さんを、ビールや薬びんごと、うちに連れてくることはできない。イワンが親父《おやじ》さんを置いていけないのも分かっていた。そんなことをしたら、親父《おやじ》さんは飢《う》え死《じ》にしてしまう。食べ物をやりくりしているのは、イワンなんだ。

他にいい考えも思いうかばなくて、ぼくたちは部屋に行って、テレビをつけた。歌番組をやっていて、かわいい女の子たちが、なかなかいい曲をうたっていた。

三時にぼくは家に帰った。


ある朝、いつものようにイワンの家に行くと、イワンはいなかった。親父《おやじ》さんもいなかった。部屋も台所も、いつもよりもっとひどかった。空になったビールの缶《かん》、たばこの吸《す》いがら、ぐちゃぐちゃのベッド、いすに積みあがった服の山、しかも今回は、テレビまで床《ゆか》にひっくり返っている。

ぼくはプレイルームに行った。ポーランド人が数人、テレビをいじって、つけようとしていた。

「イワンはどこ？」ぼくは片言のポーランド語でたずねた。

「警察《けいさつ》のところだ」ポーランド人たちはいった。「警察《けいさつ》に連れていかれた」

まさか？　警察《けいさつ》が子どもを連れていったりするもんか。イワンは何もしてないのに！

バラック小屋をまわって話をきくうちに、ようやく、何が起こったのか分かった。

夜、親父《おやじ》さんがあばれて、家具を壊《こわ》しだしたんだ。手がつけられなくなって、警察《けいさつ》が来て、親父《おやじ》さんを連れていき、イワンも孤児院《こじいん》に連れていかれた。

ぼくは家に帰った。

母さんは皿洗《さらあら》いをしていた。

「今日は何かあった？」母さんがきいた。

母さんは、エプロンで手をふくと、台所のテーブルについた。

ぼくは母さんを見て、いつものように「まあまあ」と答えようとしたけど、そんなつもりはないのに、泣きだしてしまった。はじめは、涙《なみだ》が少しこぼれただけだったけど、とまらなくなった。ぼくは、イワンの親父《おやじ》さんがおかしくなって、イワンが孤児院《こじいん》に連れていかれたこと、メメットがお父さんにむちで打たれたこと、クラスメートたちに乞《こ》食《じき》よばわりされて、集金箱をぬすんだとまでいわれたことを、みんな話した。

「父さんは、どうして泣いていたの？」

自分でもばかみたいだった、滝《たき》みたいに涙《なみだ》を流しているのは、ぼくの方なのに！　母さんもぼくも、思わず笑ってしまった。それから母さんは、父さんが泣いていたのは、もうドイツにいられなくなるかもしれないからだ、といった。父さんは、三か月ごとに移民局《いみんきょく》とかいうところに行かなくちゃいけないんだ。難民《なんみん》はみんな、そこに行って、書類にサインしてもらったり、三か月に一回、在留許可《ざいりゅうきょか》を更新《こうしん》しなくちゃいけない。ドイツにとどまれるか、とどまれないかは、移民局《いみんきょく》が決めるんだ。

「でも、とにかく、もう学校には行きたくない」ぼくはしゃくりあげた。

「お父さんに話してみるわ」母さんはいった。「でも、クレイン先生、もうずっと電話してこないから、てっきり、あなたはまた学校に通ってるんだと思ってた」

「どうせ、電話するのが面倒《めんどう》くさくなったんだよ。ぼくに関わらなくなって、せいせいしてるんだろ」

その晩《ばん》、家に帰ってきた父さんは、明るい顔をしていた。赤十字協会で仕事が見つかったんだ！　いらなくなった家具とか服とか、そういう赤十字協会に寄付《きふ》されたものを引き取りにいく仕事だ。品物は仕分けして、洗《あら》ったり、修理《しゅうり》したりした後、赤十字協会のお店にならべられる。品物が売れると、お金はドイツや他の国々の困《こま》っている人たちに寄付《きふ》されるんだ。

「すごくいい仕事じゃない！」ぼくたち一家はみんな、よろこんだ。

その晩《ばん》、母さんは、学校のことは何も話さなかった。

父さんは、翌日《よくじつ》からすぐ、働きだした。車を運転するのが好きな父さんには、この仕事はぴったりだった。月給をもらって、同僚《どうりょう》もできた。赤十字協会で働いているのは、ほとんどが年配のおばさんたちだよ、と父さんはいった。みんな感じがよくて親切だった。

おばさんたちは、ぼくたち一家が窮屈《きゅうくつ》なところで暮《く》らしているのを知って、難民宿舎《なんみんしゅくしゃ》じゃない、ちゃんとしたアパートを見つけるのを手伝ってくれた。おかげで、ベッドもいすもテーブルも、必要なものはみんなそろった。

「あなたたちがいてくれなくちゃ困《こま》るもの」赤十字協会のおばさんたちはいった。

父さんはもう、学校のことをとやかくいわなくなって、しばらくすると、ぼくに仕事を手伝わせてくれるようになった。

「父さんがおまえくらいのときには、もう働いていたんだ」父さんはいった。「でも、これだけは覚えておきなさい。ごみ集めをする難民《なんみん》より、もっとましな暮《く》らしをしたいと思ったら、勉強しなくちゃならないんだぞ」

大勢《おおぜい》の賛同者《さんどうしゃ》

赤十字協会のおばさんたちはほんとうに親切で、なかでもローゼ・マリーおばさんとヘルガおばさんは、とてもよくしてくれた。ぼくと父さんが、トラックに服をいっぱい積んでやってくると、おばさんたちは、ぼくたちを店の中にまねき入れて、コーヒーと焼きたてのシナモンロールをごちそうしてくれた。ぼくのことを、力持ちで、父さんをよく手伝っているってほめてくれたりもした。ある日、ローゼ・マリーおばさんがぼくに、何歳《さい》なの、とたずねた。

「十二です」ぼくは正直にいった。

「でも、学校に行かなくていいの？」おばさんがいった。

ぼくは答えにつまってしまった。何て答えたらいいんだろう。ほんとうのことをいった方がよさそうだった。

「ドイツ人のクラスメートたちに、いじめられたんです」

ヘルガおばさんも話に入ってきた。

「ちょっと、ちょっと。それは問題じゃない。何があったか話してみて！　さ、まずはシナモンロールでも食べて」

話したくはなかったけど、おばさんたちにしつこくきかれて、ぼくは話しだした。集金箱がぬすまれたところからはじめて、イワンが孤児院《こじいん》に連れていかれたところまで話した。

「あらあら、まあ」ときどき、ヘルガおばさんがいった。「はい、シナモンロール！」

父さんもきいていたけど、何もいわなかった。

「新しい学校を探《さが》してあげるわ」ぼくが話し終わると、ローゼ・マリーおばさんがきっぱりといった。

「そうですね、勉強はするべきです！」父さんも口を開いていった。

ぼく自身は、どうなのかよく分からなかった。父さんとトラックでまわるのはおもしろかったけど、かなり大変でもあった。朝は早く起きなくちゃいけないし、家に帰るのは、たいてい、夜の八時か九時だ。そのころ、姉さんや弟たちは、居間《いま》にすわって宿題をしている。みんな、学校が好きで、将来《しょうらい》の大きな目標もあった。姉さんは心理学者、アーサンは医者、シェンデルは警察官《けいさつかん》、イェバートはスパイになりたいんだ。ときどき、みんなのことがちょっとうらやましくなった。ぼくだって、一生、ごみを集めていたいわけじゃない。

「だけど、ドイツ人は、いやなやつばっかりだ」ぼくはいった。

そんなことないわ、とおばさんたちは反発した。ドイツ人の子がみんなひどいわけじゃないし、先生だって、偏見《へんけん》を持っている人もいるけど、そうじゃない人たちもいる、といいはった。

「わたしだって、あなたのお父さんに会うまでは、ジプシ……」ヘルガおばさんは、あわてていい直した。「ロマの人たちに偏見《へんけん》を持っていたわ。ジプ……ロマは能天気《のうてんき》で、音楽やパーティーのことしか頭にないと思っていたの」

「でも、おばさんはヒトラーに賛同《さんどう》しなかったでしょ？」ぼくはきいた。

ヘルガおばさんは身をかがめるようにして、ハンカチを取りだすと、鼻をかんだ。目が真っ赤だった。

「ええ」おばさんはいった。「ヒトラーはきらいよ。あの人が政権《せいけん》を取ったとき、わたしはまだ、ほんの子どもだったのよ」

でも、父はナチスの党員《とういん》だった、とおばさんは話した。おばさんたちは、「ヒトラー万歳《ばんざい》！」といわされたり、ナチスの若者《わかもの》たちの集会に参加させられたりした。そこで行進させられたり、ナチスの歌をうたわされたりしたんだ。

「父は、やさしい人だった」おばさんはいった。「確《たし》かに厳《きび》しかったけど、家族を大切にしていたわ。わたしたちの面倒《めんどう》を、よく見てくれた。それなのに、ナチスの党員《とういん》だったの。さっぱり分からないわ」

ヘルガおばさんはまた鼻をかむと、ため息をついた。

「この赤十字協会で、ボランティアで働いているのは、父の罪《つみ》に対する罰《ばつ》みたいなものね。まるで、つぐなわなくちゃならない罪《つみ》があるような気がするの」

おばさんは、すっかり泣きだしてしまった。ぼくがシナモンロールをさし出すと、おばさんは一つ取った。

「そうね、だれもが重荷を背負《せお》っているのよ」ローゼ・マリーおばさんがため息をついた。「ヒトラーに賛同《さんどう》した人は大勢《おおぜい》いたわ。それはそうと、そろそろ、服の仕分けをはじめましょうか」

第3章

底辺の暮《く》らし

父さんの話

ぼくと父さんは、家具や服を仕分けたり、運んだりしているときには話をしない。仕事に集中してるんだ。夜、家に帰ってても、つかれていてやっぱり話をしない。でも、トラックに乗っているときは話をした。父さんは歴史の本を読むのが好きで、いろんなことを知っている。ナチスやヒトラーについて話すこともあった。第二次世界大戦中には、ぼくたちの国だったユーゴスラビアにもナチスの賛同者《さんどうしゃ》がたくさんいた、と父さんはいった。ドイツと同じように強制収容所《きょうせいしゅうようじょ》があって、ユダヤ人やロマ人、同性愛者《どうせいあいしゃ》、重病人、ナチスに反対した人たちが殺されたんだ。

ぼくは、先生から、親戚《しんせき》の中にナチスに迫害《はくがい》された人がいたかどうかきいてみたら、といわれたことを思い出した。それに、父さんの子どものころの知り合いで、ヒトラーに賛同《さんどう》した人がいるのかどうかも気になった。そのうち、きいてみよう。今は、前から気になっていたもう一つのことを先にきくことにした。父さんと母さんが、どうしてドイツに来たのかってことだ。

「それに答えるには、父さんの生い立ちをすっかり話さなくちゃいけないな」父さんはいった。

「じゃあ、今すぐ話してよ」ぼくがいうと、父さんは話しだした。

「父さんは、一九六〇年にユーゴスラビアで生まれた。当時、ユーゴスラビアは、いくつかの国や地域《ちいき》からなる連邦共和国《れんぽうきょうわこく》だった。コソボはその中の一つで、父さんはそこで育ったんだ」

それから、父さんは、ギランという、故郷《こきょう》の小さな町のことを話した。町には、大きく分けて三つの民族グループがあった。セルビア人とアルバニア人とロマ人だ。それぞれ、分かれて暮《く》らしていたけど、民族どうしで直接敵対《ちょくせつてきたい》することはなかった。

セルビア人は、政治《せいじ》を支配《しはい》していた。重要な問題はセルビア人が決めた。町長や政治《せいじ》家《か》、弁護士《べんごし》、警察《けいさつ》はみんな、セルビア人だった。

アルバニア人は経済《けいざい》を支配《しはい》していて、商売を取りしきった。ロマ人は、政治的《せいじてき》にも経《けい》済的《ざいてき》にも力がなかった。

「ロマ人は、政治《せいじ》の知識《ちしき》もほとんどなかったし、経済的《けいざいてき》にも貧《まず》しかったんだ」父さんはいった。「たいていは、アルバニア人のように商売をしていた。いろんなものを仕入れて売っていたんだ。ただ、ちがうのは、アルバニア人から仕入れて売っていたってことさ」

三つの民族は、別々の地区に住んでいた。ロマの居住区《きょじゅうく》は、町のはずれにあって、道はぬかるみ、家もぼろぼろだった。街灯もないし、ほとんどの家には、電気もガスも水道もなかった。段《だん》ボールや布《ぬの》や、古い板きれでつくっただけの家もあって、雨がふったり、かぜがふいたりするとこわれてしまった。どろでつくった家もあったけど、土を踏《ふ》み固めただけの床《ゆか》は、いつでも寒かった。

でも、父さんは、ロマの居住区《きょじゅうく》には住んでいなかった。町の中心部の、八階建ての高《こう》層《そう》アパートに住んでいたんだ。

「父さんの父さん、つまり、おまえのおじいさんのおかげだよ」父さんはいった。

「おまえのおじいさんは、ユーゴスラビアの民族が一つにまとまることを目指していたんだ」

おじいちゃんは、いろんな点で並《なみ》はずれた人だったそうだ。大工として働いていて、他のロマよりいい暮《く》らしをしていた。大工は、セルビア人もアルバニア人もロマ人も関係なく、同じアパートに住んでいた。それに、おじいちゃんは、他の人たちとはちがって、字を読むこともできた。毎晩《まいばん》、仕事から帰ると、義理《ぎり》の娘《むすめ》たちが金だらいにお湯をはってくれた。おじいちゃんは、あったかいお湯に足をつけて、新聞を読んだ。その日のニュースを読んでからでないと、眠《ねむ》らなかったんだ。

おじいちゃんは、字が読めることを誇《ほこ》りにしていて、子どもたちにも学ばせようとした。子どもは七人とも学校に通って、一番下の父さんは、高校も出た。ロマの子どもがそんなに長く学校に通えるなんて、めずらしかったんだ。たいていは、一、二、三年だけか、まったく通えなかった。

おばあちゃんは、一度も学校に通ったことがなくて、読み書きもできず、掃除婦《そうじふ》として働いていた。八階建てのアパートの階段《かいだん》をそうじしたり、セルビア人の家に出向いて、そうじをしたりした。

「まったくおかしなことさ、みんな、ジプシーのことをどろぼう呼《よ》ばわりしているっていうのに。ロマの女性《じょせい》たちに、自分たちセルビア人の家の面倒《めんどう》を見させるんだからな。ロマの女性《じょせい》たちは、セルビア人居住区《きょじゅうく》の家やアパートのかぎをあずかって、家の人が仕事に出かけている間、そうじを任《まか》されていたんだ。貧《まず》しいロマの掘《ほ》っ立て小屋に、セルビア人の豪邸《ごうてい》のかぎがあるなんてな」

父さんは、ため息をついた。

「人間ってのは、分からないものだよ」

父さんの恋《こい》

父さんは、いつでもきちんとした、りっぱな身なりをするのが好きだった。ごみを集めにいくときでも、ちゃんとした格好《かっこう》をしていた。ダンスも好きだった。ぼくはちっとも知らなかったけど、父さんは若《わか》いころ、ダンスグループのリーダーで、賞をいくつも取ったんだ。母さんも、同じダンスグループに入っていた。

「どうやって母さんと知り合ったの？」車で家具を運んでいるときに、ぼくはきいたことがある。でも、父さんは照れてばかりで、教えてくれなかった。

ラッキーなことに、ローゼ・マリーおばさんとヘルガおばさんも同じことを考えていた。二人とも、ロマの文化に関心があって、とくに女性《じょせい》の地位や立場について知りたがっていたんだ。

「ねえ、バイラム、奥《おく》さんの話をきかせて！」コーヒーを飲んでいるとき、おばさんたちがいった。「お名前は？　おいくつなの？」

父さんは笑っていった。

「ジェミーラです。三十二歳《さい》です。いい妻《つま》ですよ」

おばさんたちは、引き下がらなかった。

「結婚式《けっこんしき》は、どんなふうだったの？　ジプ……ロマの伝統《でんとう》にしたがったの？」

おばさんたちがあんまりしつこくて、父さんは笑いだしてしまった。お人よしで知りたがり屋のおばさんたちにつかまったら、もう逃《に》げられない。二人とも、まるでおとぎ話に出てくる、花柄《はながら》のエプロンをつけたおばさんたちみたいに、お茶をすすめては、何でもきき出そうとするんだ。父さんは、とうとう話しはじめた。

「ロマのダンスは、とても複雑《ふくざつ》です」父さんはいった。「たいていは、長い列か輪になっておどり、ステップも速くて、ひじょうに難《むずか》しいんです。音楽のリズムに乗らないといけないし、肩《かた》をくっつけて、すばやくおどることもあります。リズムに乗れなかったり、つまずいたりすると、グループ全体が乱《みだ》れてしまいます」

おばさんたちは、ダンスのこまかい説明を辛抱《しんぼう》づよくきいていた。

「さっきもいった通り、わたしはダンスグループのリーダーをしていました。ある日、グループに、一人の少女がやってきました。だれよりも美しい人でした」

「美しい人」ときいて、おばさんたちが生き生きとしてきたのに、父さんも気がついた。すると、父さんも生き生きとしてきて、話もぐっとおもしろくなった。まるで、映《えい》画《が》「ブリジット・ジョーンズの日記」か「シンデレラ」を見ているみたいだった。

父さんは、母さんのゆたかな黒髪《くろかみ》や、黒くすんだ瞳《ひとみ》や、長いまつげのことを話した。母さんは、貧《まず》しいロマの居住区《きょじゅうく》の出身だったけど、そんなこと、父さんは、気にもしなかったんだ！　美しい母さんを、ひとめで好きになった。でも、母さんは、はずかしがりやで、父さんに見つめられると、すぐに目をふせてしまった。すると、色白の顔に、長いまつげがいっそう映《は》えた。

美しい母さんのそばにいたい一心で、父さんはダンスを教えはじめた。母さんは、いった通りのはずかしがりやで、一言もしゃべらなかったけど、やっぱり、父さんのそばにいたいみたいだった。父さんに手をふれられても、ひっこめようとしなかった。それどころか、そっとにぎり返して、ほおをばらのつぼみのように赤く染《そ》めた。

「でも……ジェミーラの両親は、わたしたちの交際《こうさい》を許《ゆる》しませんでした。わたしとつきあっていると分かると、ジェミーラをパン焼きの棒《ぼう》で殴《なぐ》ったんです」

かわいそうな母さん。

二年後に、母さんは家出して、父さんのところへやってきた。父さんは、両親や兄さんたち、義理《ぎり》の姉さんたちといっしょに、町の中心部の八階建てのアパートで暮《く》らしていた。母さんの両親は、母さんが家出したのを知って、父さんのアパートにおしかけてきた。

母さんの両親だけでなく、母さんの兄さんたち、姉さんたちとその夫たちもみんなそろってやってきた。八階建てのアパートの前に立って、どなり声をあげて、ののしった。入り口に押《お》しいったのもいた。父さんの父さんがとりなそうとした。

「あんたの息子が、白いジャケットなんか着て、うちの娘《むすめ》をそそのかしたんだ！」ジェミーラの母さん——つまり、ぼくのおばあちゃんがわめいた。

かわいそうな母さんは、カーテンを閉《し》めきった部屋のすみで、こわくてふるえていたんだ。

おばあちゃんは、アパートの入り口に突進《とっしん》した。

「娘《むすめ》を返せ！」とさけんで、中へ押《お》しいった。

さわぎはますますひどくなって、近所の人たちも加わろうと集まってきた。母さんは、姿《すがた》を現《あらわ》さないわけにいかなくなった。

「バイラムに、無理やり連れてこられたんだろう？」おばあちゃんがきいた。

母さんは首をふった。だまって床《ゆか》に目を落として、くちびるをぎゅっとむすんだ。

父さんの父さんが、間に入っていった。

「無理やり連れてきたわけではありません。娘《むすめ》さんは、望んでここに来たんです」

おばあちゃんは母さんを見つめると、怒《おこ》ってさけんだ。

「ジェミーラ、あとは自分で決めなさい。でも、ここに残るんなら、後悔《こうかい》しても、もうもどってくるんじゃないよ！」

それだけいうと、母さんの一家は引きあげていって、やっとしずかになったんです、と父さんは話をしめくくった。

「でも、それからどうなったの？」おばさんたちがたずねた。

「わたしと父と兄たちとおじたちは、外に出ました。あとは、女性《じょせい》の問題ですから」父さんは短くいった。

「女性《じょせい》の問題？」おばさんたちがきいた。

「女性《じょせい》の問題です」父さんはいった。

おばさんたちは、教えてほしそうな顔をした。女性《じょせい》の問題って何なのか、気になってしかたないみたいだ。父さんに、そういう話はできないと分かっていたから、かわりにぼくが説明することにした。

「年配の女の人たちが、母さんがお嫁《よめ》さんにふさわしいかどうか、確《たし》かめるんだよ」

「確《たし》かめるって？　処女《しょじょ》かどうかってことを？」ローゼ・マリーおばさんがいった。

ぼくと父さんはすばやく目を見あわせ、父さんはすぐに話を続けた。

「結婚式《けっこんしき》が行われると、ジェミーラとわたしは、まず、あまいケーキやクッキーを食べました。二人の人生が楽しくすてきなものになるように、という意味がこめられています。それから、夫婦円満《ふうふえんまん》をねがって、同じグラスでジュースを飲みました。飲み終わると、グラスを床《ゆか》に落として、みんなでこなごなに割《わ》れるのを見届《みとど》けました」

おばさんたちに質問《しつもん》するひまを与えないよう、父さんが話を急いでいるのが分かった。

「次の夜には、盛大《せいだい》な披露宴《ひろうえん》が行われました。あちこちから親戚《しんせき》が集まって、庭でラム肉のバーベキューをしたり、楽団《がくだん》の演奏《えんそう》にあわせて、みんなでおどったりしました。通りに、白いテーブルクロスをしいた長いテーブルをならべ、義理《ぎり》の姉たちが、近所から、お皿やグラスやナイフやフォークを借りてきてくれました。実にすばらしいパーティーでしたよ」父さんは、ふたたび、話をしめくくった。

「ジェミーラの家族は？　招待《しょうたい》されたの？」ヘルガおばさんがたずねた。

「出席するのを断《ことわ》ったんです」父さんはいった。それから、ぼくの方を見た。

「さあ、ラミッツ。そろそろ、仕事にもどらないと」おばさんたちは、何度もお礼をいった。「とってもおもしろい話だったわ！」ぼくたちは、おみやげにシナモンロールをひと袋《ふくろ》もらった。

「お母さんによろしくね！」おばさんたちは、ぼくを抱《だ》きしめていった。

「奥《おく》さん、すてきなお名前ね！」と、父さんにいった。「ジェミーラによろしく！　いつか、ぜひお会いしたいわ！」

車で家に向かう途中《とちゅう》、ぼくは父さんに、さっきの話はほんとうなの、ときいてみた。

「はじめの部分は、ちょっと変えているけどな」父さんはいった。「でも、だいたいはほんとうさ」

物乞《ものご》い

翌日《よくじつ》、父さんとぼくは、エッセンから車で数時間のところにある、ケルンという町へ出かけた。その町で亡《な》くなったあるおばあさんの遺書《いしょ》に、全財産《ぜんざいさん》を赤十字協会に寄付《きふ》するって書いてあったんだ。ぼくたちは、赤十字協会のおばさんたちから住所をきいて、品物を引き取りにいくことになった。

朝、出発してから、ぼくと父さんは、ずっといっしょに車に乗っていた。高速道路をひたすらまっすぐ走っていると、父さんがいった。

「赤十字協会でお茶をごちそうになったとき、おまえはこんなことをいっていたな。物《もの》乞《ご》いといわれて、からかわれたって。でも父さんは、ほんとうに物《もの》乞《ご》いだったんだ」

父さんが物《もの》乞《ご》い！　うそだ。いつもきちんとしていて、朝から晩《ばん》まで働いて、ぼくたちに、勉強しなさいってうるさくいってる父さんが？　物《もの》乞《ご》いなんて？　まさか!?

物《もの》乞《ご》いは見たことがあるし、どんなものかは知っている。よく、難民宿舎《なんみんしゅくしゃ》の外にすわっていた。よっぱらっているか、麻薬《まやく》をやっていて、寒くても、雪がふっていても、みすぼらしい身なりをして、地べたにすわっていた。町の通りでも、よく物《もの》乞《ご》いを見かけた。たいていは、花柄《はながら》のショールをかぶった老婆《ろうば》だった。ルーマニアから来てるんだろう、と父さんはいって、いつもお金をめぐんでいた。

「どうして物《もの》乞《ご》いをしていたか、ききたいかい？」

もちろん、ききたい。

「父さんと母さんが結婚《けっこん》したころのことだ」父さんは、話しだした。「父さんたちはギランの町に住んで、ごみを集める仕事をしていた。ちょうど、ここドイツで、今までしていたようにな。でも、コソボじゃ、ごみ集めで暮《く》らしていくことはできなかった。とくに子どもが生まれてからは。両親は自分たちの暮《く》らしでせいいっぱいで、頼《たよ》るわけにはいかなかったし、おまけに父さんは、セルビア人の警察《けいさつ》から、いつも目の敵《かたき》にされていた。だから、アネータが生まれて三か月後に、イタリアのシチリア島に行くことにしたんだ。そこに親戚《しんせき》がいた。父さんは二十一になったばかりで、一人で行ったわけじゃなく、いとこの一人といっしょだった。徒歩で行くこともあれば、車やトラクターに乗せてもらったり、バスや船に乗ることもあった。旅費は家族が集めてくれて、あとで返すことになっていた。未来への希望が力になった。イタリアは、ユーゴスラビアよりもゆたかで進んだ国だ。仕事だってきっとあると、信じていたんだ」

父さんの親戚《しんせき》は、パレルモという港町に住んでいた。都会で、大勢《おおぜい》の人びとでごったがえしていたけれど、親戚《しんせき》を見つけるのに、それほど苦労はしなかった。ほとんどみんな、同じ地区に住んでいたんだ。「ジプシー居住区《きょじゅうく》」とよばれているところで、家々はくずれ、通りにはごみがあふれていた。おばさんは、父さんをこころよく迎《むか》えてくれて、自分たちのところに住んだらいいといってくれた。翌日《よくじつ》には、おじさんが仕事に連れていってくれることになった。

その夜、父さんはなかなか眠《ねむ》れなかった。コソボの家には、ダブルベッドのある、りっぱな部屋があって、アネータのゆりかごと、きれいな彫《ほ》り物のついた衣装《いしょう》だんすや家具が置いてあった。床《ゆか》には、すてきな模様《もよう》のトルコじゅうたんもあった。家の中は、清潔《せいけつ》で明るかった。窓《まど》には、白いレースのカーテンがかかっていた。空気もすんでいた。

イタリアは息苦しくて、暑くて暗かった。窓《まど》には、ガラスのかわりに木の板が打ちつけられ、父さんの分のベッドもなく、つめたい床《ゆか》の上にしいたマットレスを、いとこと分けあって使った。

翌日《よくじつ》、父さんはアコーディオンを借りて、おじさんといっしょにパレルモの中心街へ出かけた。

「ダンスなら得意なんですが、演奏《えんそう》はあまり……」父さんがそういっても、おじさんは、気にもしなかった。

おじさんは、バイオリンを弾《ひ》いた。途中《とちゅう》で、コントラバスを持った親戚《しんせき》に会った。

「よし、これでトリオになったな」おじさんがいった。

パレルモの中心街には、しゃれたお店やカフェがならんでいた。即席《そくせき》のトリオは、カフェの外に立って、通りにぼうしを置くと、演奏《えんそう》をはじめた。

「二人とも、演奏《えんそう》がうまくて助かった」父さんは思いながら、いっしょに「オー・ソレ・ミオ」や「ボラーレ」を演奏《えんそう》しようとした。

父さんの演奏《えんそう》は、かなりひどかった。アコーディオンを弾《ひ》いたことなんか、一度もなかったんだ。通りを行きかう人びとが、ときどき、ぼうしの中にお金を投げ入れてくれると、父さんはだんだんおもしろくなってきた。

「イタリアの音楽だって、なかなかのもんだ。たった一日にしちゃ、悪くないぞ」父さんの伴奏《ばんそう》は、だんだんと様《さま》になっていった。

「急げ！」おじさんは突然《とつぜん》さけぶと、通りに置いたぼうしをひっつかみ、角を曲がって姿《すがた》をくらましてしまった。

父さんがあっけにとられていると、だれかにつかまれた。怒《おこ》ったウエイターが、父さんのうでをつかんで、おおげさにわめいている。どうしたんだろう？　何が起こったんだ？

父さんには、何をいわれているのかも、どうしてなのかも、さっぱり分からなかった。

「ジンガリ！　シーフォ！」ウエイターは、二つの言葉を何度もくり返した。

「ジンガリ」は、なんとなく分かった。きっと「ジプシー」のことだ。でも、「シーフォ」って何だ？

父さんは、まったく抵抗《ていこう》しなかった。さらに何度か「シーフォ」とののしられた後、ウエイターにけられて、追いだされてしまった。角を曲がると、りっぱな大聖堂《だいせいどう》があった。でも、他の仲間はどこへ行ったんだろう？

しばらく歩きまわって探《さが》したけれど、見つからなかった。父さんは、大聖堂《だいせいどう》の角に立って、一人で演奏《えんそう》をはじめた。まもなく、バイオリンを持った男が一人、近づいてきた。

「ここで何してる？」男は、おどすようにいった。ロマニ語だった。

父さんは、すぐに、自分が男の演奏《えんそう》場所に立っていることに気がついた。演奏《えんそう》をやめると、もごもごつぶやいた。この国に来たばかりで、おじや仲間とはぐれてしまったんです。まさしく、新参者の気分を味わっていた。どうやっておじさんたちを見つければいいんだろう？　どこに行ったらいいんだ？　この国でどうやっていけばいい？　とりあえず、おばさんの家にもどったほうがよさそうだった。

その夜、おじさんが、シチリア島でのきまりを教えてくれた。一番大事なのは、状況《じょうきょう》をすぐさま見きわめること。ストリートミュージシャンは、ときには観光客たちに受けがいいこともある、とくにカップルや新婚夫婦《しんこんふうふ》の観光客なんかには。そういう人たちは、気前がいいところを見せたがるんだ。でも、ときにはうるさがられることもある。ウエイターやレストランのオーナーにはしょっちゅう追っぱらわれるけど、もうけの一部を払《はら》えば、バーの外にいさせてもらえる場合もある。警察《けいさつ》につかまることだってある。逃《に》げられなければ、金をわたすのが一番だ。パレルモには、どこもなわばりがあって、それぞれの家族が自分たちの場所を持っている。そこで演奏《えんそう》をしたり、くつをみがいたり、物乞《ものご》いをしたりする。うまくやらないと、警察《けいさつ》やレストランのオーナー、ウエイターや観光客、ロマや他のミュージシャンや物乞《ものご》いたちと、いざこざを起こしてしまうんだ。

「ジンガリ」は「ジプシー」、「シーフォ」は「クソったれ」という意味だった。

「ここでのきまりは、警察《けいさつ》と同じくらい、やっかいだな」シチリア島での二日目の夜、眠《ねむ》りにつきながら、父さんは思った。

最低の暮《く》らし

父さんは、すぐに町でのきまりを覚えた。おじさんは、尊敬《そんけい》できる人だった。演奏《えんそう》でもうけたお金を公平に分けてくれた。それに、眠《ねむ》るための家も、ちゃんと持っている。パレルモにいるロマの多くは、郊外《こうがい》の屋根もないような廃墟《はいきょ》に暮《く》らしていた。それでも、父さんは、自分の父さんが恋《こい》しかったし、母さんやアネータに会いたかった。パレルモでは、だれも信用できなかった。父さんは、かせいだお金を小さなブリキの缶《かん》に入れて、寝室《しんしつ》のかべの、ゆるんだレンガの後ろに隠《かく》しておいた。

いったいどれくらい、この国にいればいいんだろう？　ユーゴスラビアの方がまだましだ！　ときには、他の親戚《しんせき》がアコーディオンを使うこともあって、そういうとき、父さんは物乞《ものご》いをしなくちゃならなかった。はじめは、いやでたまらなかった。ねだるしぐさもいやだったし、そばを通りすぎていく人も、立ちどまってお金をめぐんでくれる人も、いやでたまらなかった。

「シーフォ。クソッ、最低の暮《く》らしだ。なんでジプシーなんかに生まれたんだろう？」

数か月がたつと、もうどうでもよくなってきて、何をしても気にならなくなった。何かを感じたり、考えたりすることはやめて、ただ、ただ、生きのびようとした。通りにひざまずき、手をさし出していった。

「食べ物をくれ」

父さんは通りで、同じくらいの年のロマの青年たちと知り合いになった。青年たちは、きちんとした服装《ふくそう》をして、りっぱなくつをはき、いつも気前よく、父さんに食べ物やたばこを分けてくれた。警察《けいさつ》が近づいてくると、口笛をふいて知らせてくれた。

そんなにお金があるのに、青年たちは廃墟《はいきょ》のトレーラーで暮《く》らしていた。父さんは、彼《かれ》らのうちの何人かと親しくなったけど、じゅうぶん用心していた。青年たちが麻薬《まやく》の密売《みつばい》でかせいでいるのを知っていて、巻《ま》きこまれたくなかったし、つかまって監獄《かんごく》に入れられるなんて、まっぴらだった。父さんは、母さんたちの待つ家に帰りたかった。アネータが大きくなるのを見たかったんだ！

ある日、父さんは他の物乞《ものご》いといっしょに教会へ行った。そこでは、ただで食べ物をもらうことができた。教会に行くのは、はじめてだった。父さんはイスラム教徒で、コソボでは、金曜日にはいつも、自分の父さんや兄さんたちといっしょにモスクへ行っていた。

食べ物を分けてくれた尼《あま》さんたちは、キリスト教徒だった。

「神のおめぐみがありますように」といって、父さんに、スープの入った皿を手わたした。

父さんは、ふるえる手で皿を受け取った。それから、他の貧《まず》しい者たちや、住むところのない者たちといっしょに、かたい木のいすに腰《こし》をおろした。

「飢《う》えに苦しんでいる者には、宗教《しゅうきょう》なんて関係ない」父さんは思った。神のめぐみなんかない。たった一人、自分で何とかしなければならないんだ。

第4章

くつ下と簡易《かんい》ベッド

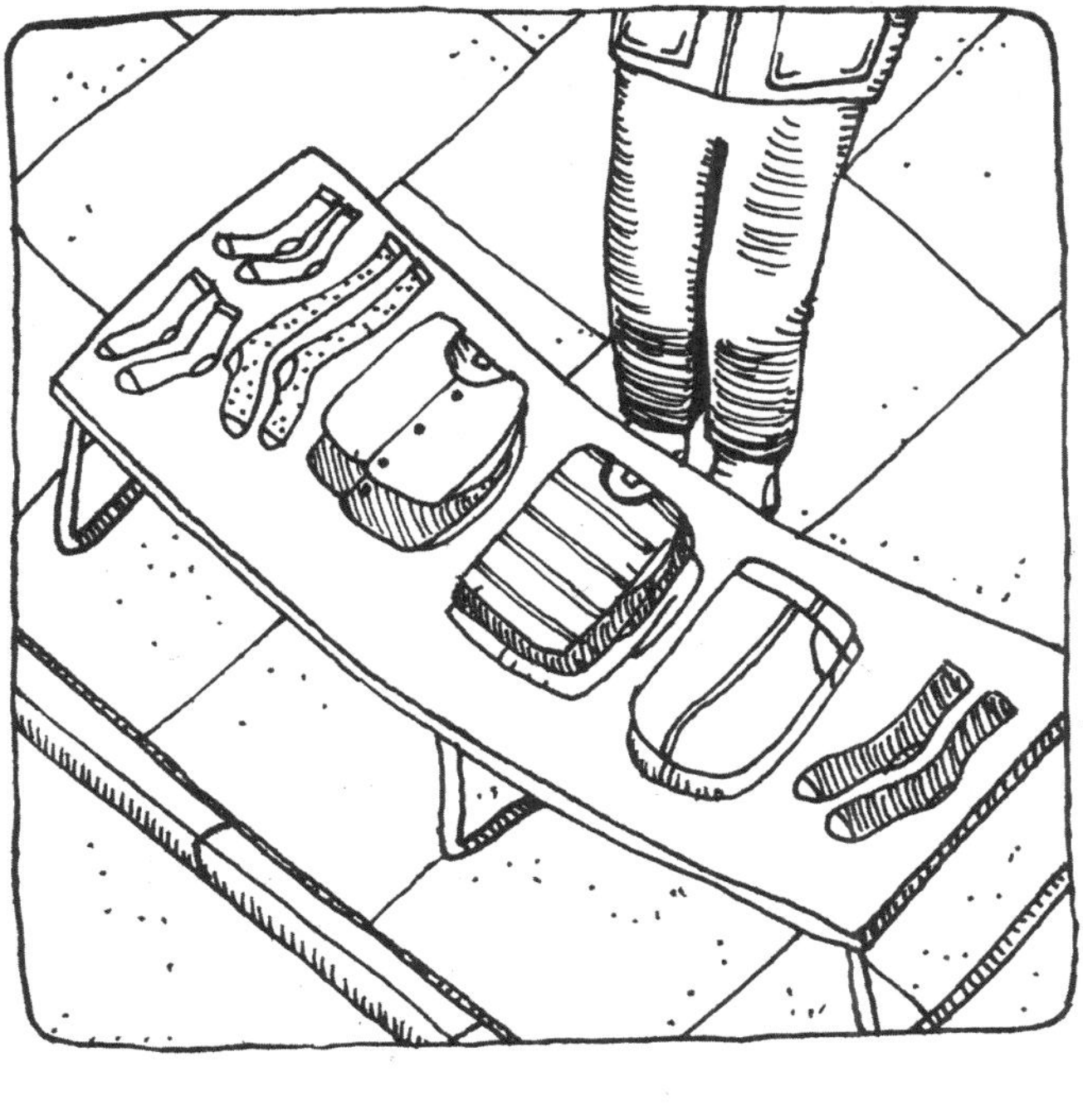

ドイツには、義務《ぎむ》教育がある

十三歳《さい》になっても、ぼくは父さんの仕事を手伝っていた。暮《く》らしはずっとよくなって、アパートの部屋も、すてきな家具も、りっぱな車もあるし、父さんがくれるおこづかいでテレビゲームを買うこともできた。姉さんとアーサンとシェンデルは、学校に行ったり、宿題をしたりした。シェンデルは、警察官《けいさつかん》になるのはやめて、サッカー選手になるそうだ。姉さんも将来《しょうらい》の夢《ゆめ》が変わって、美容師《びようし》かメーキャップアーティストになりたいらしい。アーサンはやっぱり医者で、人体に興味《きょうみ》があって、外科医になりたがっている。三人とも、学校が好きだった。イェバートは幼稚園《ようちえん》に通ってる。機関車の運転手になりたいそうだ。

母さんは、赤十字協会の仕事を手伝いはじめた。給料は出ないけど、ローゼ・マリーおばさんやヘルガおばさんと仲良くなって、いっしょにおしゃべりすることで、ドイツ語を学んでる。おばさんたちを家にまでよんで、お茶を飲んだり、コールピータっていう、チーズの入った、ロマのあまいケーキの作り方を教えたりした。

おばさんたちはしょっちゅう、ぼくの学校のことを話題にした。無料で通える、キリスト教のフリースクールを見つけてきたんだ。

「そこなら、在留許可《ざいりゅうきょか》のない子どもでも通えるそうよ」

父さんは、ためらった。

「でも、わたしたちはイスラム教徒ですよ」

そんなこと関係ないわ、とおばさんたちはいった。

「どの宗教《しゅうきょう》も、みんな価値《かち》があるの。それぞれ、いいところがあるわ。おたがいに学び合えるわよ！」

父さんは、まだためらっていて、ぼくはほっとした。

メメットやイワンに会えないのはさみしかったけど、今じゃ、学校のことは、めったに考えなくなっていた。席にすわって、退屈《たいくつ》な歴史や地理の授業《じゅぎょう》を受けていたことなんか、ほとんど忘《わす》れてしまった。父さんの話の方が、ずっとおもしろい。それに、父さんとトラックでいろいろまわっているうちに、地理にはずいぶんくわしくなった。エッセンが、工場のたくさんある大きな工業都市だってことや、父さんが姉さんとぼくの髪《かみ》の房《ふさ》を投げ入れた川の名前が、ルール川だっていうことも知った。ルール川はライン川につながっていて、北海にそそいでいる。ケルンやデュッセルドルフ、ドルトムント、ヴッパータールにも行った。エッセンがドイツの北西にあって、ベルギーとの国境《こっきょう》からそんなに離《はな》れていないことも、EUの中心都市のブリュッセルがベルギーにあるってことも知った。

おばさんたちは感心して、ぼくは物知りだってしょっちゅうほめてくれた。でも、二人とも、ぼくが学校に行っていないことを、なにかにつけて心配していた。父さんにきこえないよう、母さんにこういった。

「もし、これからもドイツにいるつもりなら、学校に行かせなくちゃいけないわ。この国では、教育を受けさせる義務《ぎむ》があるのよ」

おばさんたちは、毎日のように母さんとおしゃべりしていたから、ぼくたち一家のことにすっかりくわしくなった。母さんの生い立ちなんて、ぼくよりもくわしいぐらいだ。ぼくも興味《きょうみ》がわいてきた。

いったい、どんな話をしてるんだろう？　ロマの歴史について知りたくなった。ヘルガおばさんは、図書館で本を借りてきて、ロマの起源《きげん》はインドらしいと教えてくれた。ぼくはもっと知りたくて、父さんのおきまりの答えじゃ、満足できなくなった。

「昔からそうやってきたんだ。それが伝統《でんとう》なんだよ。父さんの父さんも、おじいさんも、おじいさんの、そのまたおじいさんも」

まったく。そんなことなら何度もきいてるし、もっとちゃんとした答えがほしかった。ロマがどんな民族で、ぼくたち一家がどうしてドイツにやってきたのか、やっぱり知りたかったんだ。

コソボでの暮《く》らし

「コソボでの暮《く》らしについて、話してやろうか」ある朝、父さんがいった。

ヴッパータールへ向かう途中《とちゅう》、ぼくたちは渋滞《じゅうたい》に巻《ま》きこまれてしまった。車は高速道路をのろのろとしか進まず、あと数時間はかかりそうだった。ぼくはきちんとすわり直すと、こころして、生きた歴史の授業《じゅぎょう》に耳をかたむけた。

コソボにもどってからは商売をしていたんだ、と父さんはいった。ごみ集めでも、物《もの》乞《ご》いでもなく。

「でも、いつイタリアを出たの？」ぼくはたずねた。「物乞《ものご》いは、いつやめたの？」

よく気がついたな、と父さんはぼくをほめ、イタリアには六か月いたんだ、といった。それでようやく、借りた旅費を返すのと、帰りの切符《きっぷ》を買うのにじゅうぶんなお金がたまったんだ。


母さんとアネータにまた会えてうれしかった、と父さんはいった。でも、アネータは、父さんのことをこわがった。自分の父さんだって分からなかったんだ。父さんが抱《だ》こうとすると、アネータは母さんにしがみついて泣きだした。

コソボへもどると、父さんはちゃんとした商売をはじめた。冬には、あったかい上着やジャンパーや厚手《あつで》のくつ下を、夏には、ジーンズやTシャツを売った。商品は、コソボにいるアルバニア人の商人たちから仕入れた。アルバニア人たちは、トルコまで行って、運よく服を仕入れてくることもあった。彼《かれ》らは車を持っていて、一番いい値《ね》で取引しようと、遠くまで出かけることができたんだ。当時、父さんは運転免許《めんきょ》もなかったし、バイクも自転車も持っていなかった。毎日、何時間も歩いて服を仕入れて、それから、何時間もかけて、広場や市場に売りに出かけた。商品は簡易《かんい》ベッドの中につめて、背中《せなか》に背負《せお》った。簡易《かんい》ベッドに、マットレスのかわりに布《ぬの》をしいて、その上に商品をならべ、それからベッドを折りたたむ。市場に着いてベッドを開くと、ベッドは長いテーブルになって、商品が布《ぬの》の上にきちんときれいにならんでるっていうわけだ。

商人はみんな、市場の一角を借りるのにお金を払《はら》ったうえ、売り上げに対する税金《ぜいきん》も払《はら》わなくちゃならないっていう規則《きそく》があった。場所代も税金《ぜいきん》も高くて、商人たちの多くは、どうにかして規則《きそく》をまぬがれようとした。金に余裕《よゆう》のない者たちは、協力しておたがいに警告《けいこく》しあった。監視《かんし》の役人が来ると、口笛をふいたり、合図のかけ声をさけんだりする。すると、父さんはすばやくベッドを折りたたんで、その場をあとにした。でも、ときどき警察《けいさつ》につかまり、お金を払《はら》えないと商品を没収《ぼっしゅう》されてしまった。

父さんはたいてい、一日に数マイル歩いて、アルバニア人の商人たちの間を行き来したり、市場から市場へとわたり歩いたりした。ある日、かなりもうけて家に帰る途中《とちゅう》、二人の警官《けいかん》が道をやってくるのが見えた。まわりを見まわしても、隠《かく》れられそうなところはどこにもない。走っても、すぐに追いつかれてしまう。警官《けいかん》たちは、重いベッドなんか背負《せお》っていないんだから。父さんの心臓《しんぞう》は激《はげ》しく打ちだしたけど、なるべく平静をよそおって、ゆっくりと歩き続けた。警官《けいかん》たちを挑発《ちょうはつ》しないよう、地面に目を落とし、彼《かれ》らが近よってくると、そっと道ばたによけた。

「まて!」警官《けいかん》たちが、道をふさいでさけんだ。

「背中《せなか》に背負《せお》ってるのは何だ?」

「ただのベッドです」

「ベッドの中に何か持ってるな?」

「いいえ、ベッドだけです」

「それをおろせ。うそかどうか、すぐにばれるぞ!」

父さんはベッドをおろすと、開いて商品を見せた。警官《けいかん》たちは、くつ下や上着やショールを念入りに調べた。

「このクソ野郎《やろう》、どこで盗《ぬす》んだんだ?」警官《けいかん》たちがいった。

怒《いか》りがこみあげてきて、父さんはこぶしを握《にぎ》りしめた。やり場のない怒《いか》りで頭痛《ずつう》がしてきたけれど、さからえないことは分かっていた。

「盗《ぬす》んだりなんかしていません」父さんはきっぱりといった。「商品は、いつもアルバニア人から仕入れて、あなたがたの奥さまやご姉妹やお母さま方に売っているんです。うそじゃありません」

「何をぬかしてる、ジプシーはどろぼうだって、だれでも知ってるんだぞ！　金を見せろ！」

たった数分の出来事だった。警官《けいかん》の一人が商品を取り上げ、もう一人が金を取り上げてポケットにつっこむと、笑いながら意気揚々《いきようよう》と引きあげていった。

父さんは空になったベッドをたたんで、家に帰った。

その夜、父さんは、おじいちゃんにいった。

「もう、こんなところにはいられない。ばかにされて生きるのなんか、まっぴらだ。ぼくは、クソでも犬っころでもない、人間なんだ。ジェミーラやアネータと、ちゃんとした暮《く》らしがしたいんだ」

おじいちゃんはうなずいた。

「ドイツに行くといい」おじいちゃんはいった。「ゆたかな国だし、ここよりずっといい。お金は何とかしよう。一番上の兄さんが力になってくれるはずだ、すでにドイツに住んでいるんだから」

父さんは、今度はもう一人では行きたくなかった。母さんとアネータも連れていきたかった。自分の子どもに忘《わす》れられて、抱《だ》こうとすると泣かれてしまうなんて、まっぴらだった。でも、母さんは行くのをいやがったんだ！　見も知らない国に行くことなんてできない。母さんは、親戚《しんせき》たち、とくにおばあちゃんや自分の姉さんたちのそばにいたかったんだ。

アネータが生まれたとき、母さんは毛布《もうふ》にくるんで、親戚《しんせき》たちに見せにいった。

「ほら、お母さんたちの孫よ」母さんは毛布《もうふ》をかかげて、開いてみせた。

小さなアネータは、毛布《もうふ》の中ですやすや眠《ねむ》っていた。一番いい服を着せられ、光が当たると目をさまして、毛布《もうふ》をのぞきこんでいるみんなに向かって、手をのばした。

すると、母さん一家と父さん一家のわだかまりが解《と》けたんだ。みんな、アネータが大好きになった。やっと何もかもよくなった今、出発しなくちゃならないなんて！

母さんは泣いたけど、父さんの決意は固かった。

「アネータに、もっといい人生を送らせてやるんだ」

父さんの話は、それ以上きけなかった。ヴッパータールに着いたんだ。

レモンの香《かお》りのバス

ヴッパータールで、ぼくと父さんはピアノを引き取った。かなり重かったけど、ロープを使って運ぶやり方を教わっていたから、うまくいった。トラックに積み終わると、ぼくたちはケバブを食べに、軽食堂へ行った。外の通りに女の人がすわって、物乞《ものご》いをしていた。ルーマニアから来ているみたいだった。そんな人の姿《すがた》を見るのは、いやだった。ほんとうはそんなふうに思うべきじゃないんだ、父さんも物乞《ものご》いをしていたって分かった今、気の毒に思わなくちゃいけないのに。でも、どうしてもいやだったんだ！

ぼくは、軽食堂の一番奥《おく》にすわって、通りに背《せ》を向けた。父さんは、ぼくのとなりにすわった。父さんも、見ていたくなかったんだと思う。でも、店を出るとき、ぼくたちは、その人にお金をめぐんでやった。

「ナイス・ツケ」女の人はいった。

ロマニ語だった。ありがとうっていったんだ。ロマ人だったのか?! ぼくは、ますますいやになった。口もききたくない。ぼくたちの恥《はじ》だ。ぼくや父さんもロマ人だって、分かったんだろうか? ぼくは父さんの上着をひっぱって、急いで車にもどった。


家に向かっている間、ぼくたちはずっとだまっていた。父さんもぼくも、あの女の人のことは何も話さなかった。ずいぶんたってから、父さんがさっきの続きを話しはじめた。

「父さんはドイツに行きたかったんだが、母さんはどうしてもいやがった。とうとう、アネータを連れて、実家に帰ってしまったんだ。でも、そんなことをしてもどうにもならなかった。おばあちゃんは、母さんを助けてはくれなかったんだ」

「おまえが家出したときにいったことを忘《わす》れたのかい? 後悔《こうかい》しても、泣きついてくるんじゃないよ」と、おばあちゃんはいった。母さんはもう結婚《けっこん》して、家庭を持っている。だから、嫁《とつ》ぎ先でのきまりに従《したが》わなくちゃいけないんだ。もっともだ、と父さんも思った。父さんは、ふたたびお金を借りて、九月のある日に出発した。

「気をつけてな！　アッラーがお守りくださいますように！」別れるとき、おじいちゃんがいった。

父さんは、かばんを持った。母さんは、アネータと、食料の入ったふくろを抱《かか》えた。バスに乗るとき窮屈《きゅうくつ》になってしまうから、荷物はできるだけ少なくした。父さんは、かばんの中にセーターとＴシャツを二枚《まい》ずつ、母さんは、スカートとズボンと、ブラウスを二枚、あとは全部、アネータの服をつめた。

まず、バスを乗りついで、ギランからセルビアの首都ベオグラードまで行って、そこから、トルコの長距離《ちょうきょり》バスに乗った。そういう、トルコのイスタンブールとドイツのフランクフルトを往復《おうふく》しているバスがあるんだ。あちこちから、かばんや荷物を持った家族づれがやってきた。バスの座席《ざせき》はかなりかたむいていた。スピーカーからトルコの音楽が流れ、トルコ人の切符《きっぷ》売りが、乗客に、さわやかなレモンの香《かお》りの香水《こうすい》をふりまいた。

母さんは泣いていた。

向かいの席には、ルーマニア人の一家がすわっていた。一家は、母さんにピロシキをさし出して、ルーマニア語で何かいった。豚肉《ぶたにく》が入っているかもしれなかったけれど、母さんは、失礼にならないように、ピロシキを受け取って、食べるふりをした。アネータがぐずってわめきだすと、前にすわっていたトルコ人のおばあさんが、クッキーと菓《か》子《し》パンをくれた。

「まるで、バスに乗り合わせた全員が、希望を胸《むね》に一つになったみたいだったよ。暮《く》らしはずっとよくなる、少なくともましにはなるって」

「よくなったの？」ぼくはきいた。

「ああ、よくなったとも」父さんはいって、話を続けた。

フランクフルトに着くと、乗客たちはちらばっていった。みんなくたびれて、体もこわばっていた。親戚《しんせき》に迎《むか》えられた人たちも、一人ぼっちの人たちもいた。父さんは待合所に行くことになっていた。父さんの兄さんが、そこで待っていてくれたんだ。

それから父さんは、兄さん、つまりぼくのおじさんについて、エッセンの家へ行った。バラック小屋の向かいにある、三階建ての難民宿舎《なんみんしゅくしゃ》だ。（そうして、ぼくはここで生まれ育ったってわけだ。）

翌日《よくじつ》、おじさんは、父さんたちがドイツにとどまれるように、父さんと母さんを連れて政治難民《せいじなんみん》の申請《しんせい》をしに出かけた。その日の朝、おじさんは、受け答えの仕方について説明した。

「それぞれ、別室によばれて、尋問《じんもん》されるから、話を合わせなくちゃいけないぞ！」

母さんは、ひどく泣きだしてしまった。

でも、尋問《じんもん》は無事にすんだ。

「うそをつく必要なんてなかった」父さんはいった。「ありのままを話したんだ。父さんたちがロマで、そのために差別されて、追い立てられたんだって」

「でも、ドイツに来て、ほんとうによくなったの？」ぼくは、もう一度、おそるおそるきいた。

「一番よかったのは、もう、へつらう必要がなくなったってことさ」父さんはいった。

「赤十字協会では人間らしくいられるんだ。しっぽを丸めた犬みたいにじゃなく。運転手の仕事は気に入ってるよ。もう、商売なんか二度とやる気がしない、あんないざこざや規則《きそく》やぶりなんか、こりごりだ」

父さんは、ブレーキをかけた。赤十字協会に着いたんだ。

だれがとどまれる？

おばさんたちは、ぼくを学校に通わせることはできなかったけど、母さんのドイツ語がうまくなるように、宿題を出しはじめた。名詞《めいし》も動詞《どうし》も分からなかった母さんが、毎《まい》晩《ばん》、居間《いま》のテーブルで、姉さんや弟たちといっしょに宿題をするようになった。父さんは、とても誇《ほこ》らしそうだった。

「父さんも勉強するぞ。ソーシャルワーカーの資格《しかく》を取るんだ。どうだ、ラミッツ、おまえも勉強する気にならないか」

引き取りにいく家具がない日には、父さんとぼくは、教会や老人ホームへ食べ物を届《とど》けにいった。

「お年寄《としよ》りがこんなにいるんだ！」ぼくは驚《おどろ》いた。ホームレスもいっぱいいた。ドイツ人のホームレスも、他の国から来たホームレスも。

ある晩《ばん》、仕事から帰ってくると、母さんが父さんに封筒《ふうとう》を手わたした。手紙が届《とど》くなんてめずらしい。ドイツの移民局《いみんきょく》からだった。封筒《ふうとう》には、封印《ふういん》がしてあった。父さんは、封筒《ふうとう》をわきに置いて、先に夕飯を食べた。何だか緊張《きんちょう》しているみたいだった。父さんは、だまって手紙をじっくり読んだ。ぼくたちは、ずっと待っていたけど、父さんは一晩じゅう、手紙のことには触《ふ》れなかった。

夜遅《おそ》く、父さんがおじさんと話しているのがきこえた。二人は居間《いま》にすわって、興奮《こうふん》した声で話しこんでいた。難民認定申請《なんみんにんていしんせい》、立証《りっしょう》、条文《じょうぶん》、判定《はんてい》、審査《しんさ》、審理《しんり》、審問《しんもん》、却下《きゃっか》、在留許可《ざいりゅうきょか》、送還《そうかん》、異議《いぎ》申立て、弁護士《べんごし》……ぼくの知らない言葉ばかりきこえた。

翌朝《よくあさ》、車の中でぼくは父さんに、おじさんと何を話していたのか、きいてみた。手紙には、何て書いてあったんだろう？　父さんは、ぼくたち一家のドイツの永住許可《えいじゅうきょか》の申請《しんせい》が却下《きゃっか》されたんだ、といった。難民《なんみん》は、在留許可《ざいりゅうきょか》の申請《しんせい》をしなくちゃならない。許可《きょか》がおりれば、国にとどまることができるけど、おりなければとどまることはできない。

「どういうこと？　もう、ドイツにはいられないの？　じゃあ、いったいどこへ行くの？」

父さんは、答えなかった。

その日の午後、赤十字協会でお茶をごちそうになっていたとき、知らせをきいたおばさんたちは、すっかり動転してしまった。父さんは、持ってきた手紙をヘルガおばさんとローゼ・マリーおばさんに見せた。

「ここに住んでどれくらいになるの？」おばさんたちがきいた。

「十三年です」父さんはいった。「長男のラミッツは、ここで生まれました。わたしの最初のドイツの子です」

ぼくはいい返そうとした。ドイツの子なんて、冗談《じょうだん》じゃない。

でも、よく分からなくなった。ぼくはいったい、何者なんだ？　難民《なんみん》？　国のないジプシー？

ヘルガおばさんとローゼ・マリーおばさんは、すぐさま、ぼくたちを助ける会を立ち上げた。弁護士《べんごし》を探《さが》したり、抗議《こうぎ》の手紙を書いて訴《うった》えたり、父さんといっしょに移民局《いみんきょく》に出向いたりもした。でも、どうにもならなかった。ぼくたちは、ドイツにとどまることができずに、父さんと母さんの出身地のコソボへ送り返されることになった。

姉さんと弟たちは、学校をやめた。ドイツの学校にいてもしょうがないって、父さんも母さんも思ったんだ。だって、もう出ていかなくちゃならないんだから。姉さんもアーサンもシェンデルもイェバートも、がっかりして、すねてしまった。みんな、学校が好きで、一日じゅう家にいるなんて退屈《たいくつ》でしかたなかったんだ。

母さんがなぐさめていった。

「コソボでも、どうにかなるわよ。また学校に通えるわ。きっとだいじょうぶ」

出発の前日、ローゼ・マリーおばさんとヘルガおばさんが、お別れのプレゼントを持ってやってきてくれた。

「あなたたちのこと、けっして忘《わす》れないわ！」おばさんたちは、力をこめていった。

「ドイツは、どうしてこんな仕打ちができるのかしら？　こんなにいい一家を送り返すなんて！」

おばさんたちは、母さんを抱《だ》きしめて、ブランケットを手わたした。色とりどりの小さな布《ぬの》がたくさん編《あ》みこんであった。

「このブランケット、クリスマスプレゼントにするつもりだったのよ」おばさんたちは、かすれた声でいった。「布《ぬの》の一枚《まい》一枚《まい》に、ジェミーラ、あなたとご主人と、いいお子さんたちへの、友情《ゆうじょう》とまごころをこめてあるわ。つらいとき、このブランケットが、あなたたちをあたためてくれますように」

姉さんは、口紅《くちべに》とマニキュアの入った化粧《けしょう》ポーチを、アーサンは、人体についての本をもらった。シェンデルとイェバートは、それぞれ、サッカーボールをもらった。父さんも本をもらった。マクシム・ゴーリキーの「わたしの子ども時代」っていう本だ。

「ロシアの古典文学、好きだったでしょう？」ヘルガおばさんがいった。

ぼくは、ぴかぴかの真新しいサッカーシューズをもらった。こういうのが、ずっとほしかったんだ。

第5章

すべてを狂《くる》わせた戦争

破壊《はかい》された国

ぼくたちは、荷物をまとめた。父さんは、車と家具の一部を売り払《はら》った。他のものは、だれかにあげたり、おじさんに引き取ってもらったり、難民宿舎《なんみんしゅくしゃ》の地下に置いてきたりした。

数週間後の早朝、ぼくたちは出発した。まず、列車でデュッセルドルフへ行って、移《い》民局《みんきょく》の役人二人に連れられて、車で空港へ向かった。

役人たちは、ぼくたちが飛行機に乗りこんで、安全ベルトをちゃんとしめるところまで見届《みとど》けるといった。

「お気をつけて、お帰りください！」

何て答えたらいいんだろう？

何時間もかかって、コソボの州都プリシュティナに着いた。何もかもがちがっていた。家も、通りも、人びとも、服も、車も、空気までも。

「すぐに慣《な》れるわよ」母さんがなぐさめた。人びとが話している言葉も、全然分からない。

「すぐに分かるようになるわ」

兵士や戦車やジープが、通りを行きかっていた。

「戦争なの？」アーサンがきいた。

母さんは、答えなかった。

ぼくたちは重いかばんをひきずって、プリシュティナの通りを歩いていった。母さんは、ブランケットも抱《かか》えていた。大きすぎて、かばんに入らなかったんだ。父さんが先に立って、ぼくたちはバス停に向かった。これからバスに乗って、父さんと母さんの故《こ》郷《きょう》の町へ向かう。そこに、おじいちゃんとおばあちゃんが住んでいた。

「きっと、どうにかなるわ」母さんが、またいった。

バスはせまくて、ガソリンとタバコとほこりのいやなにおいがした。座席《ざせき》はぼろぼろで、ひどくゆれ、カーブにさしかかるたびに、しっかりつかまっていないと通りに投げだされてしまう。道は、穴《あな》だらけだった。突然《とつぜん》、バスがとびあがって、体じゅうの臓器《ぞうき》がひっくり返りそうになった。イェバートは気持ちが悪くなって、吐《は》いてしまった。バスの車体のバネがすっかり弱っていたうえに、運転手は、道にあいた穴《あな》を一つもよけきれないようだった。穴《あな》は大きくて、無数にあった。

何時間かたって、やっと広場について、ぼくたちはバスを降《お》りた。ひどい。口には出さなかったけど、真っ先に思いうかんだのは、その一言だった。何もかもがめちゃくちゃだ。

家々は破壊《はかい》され、すっかりくずれ落ちて、へいだけしか残っていないものもある。階《かい》段《だん》は途中《とちゅう》でとぎれて、空中に突《つ》きだしていた。煙突《えんとつ》も同じだった。かべも床《ゆか》も天井《てんじょう》もなくなって、むきだしになっている。がれきやコンクリートの山ができていた。残っているかべには、穴《あな》がいくつもあいていた。冷蔵庫《れいぞうこ》やコンロの残がいが、燃《も》え残った車といっしょに、通りに転がっていた。

ぼくたちは一言も口をきかずに、一列になって歩いていった。父さんを先頭に、母さん、姉さん、ぼく、アーサン、シェンデル、最後にイェバートの順で、黙々《もくもく》と歩き続けた。

突然《とつぜん》、父さんが、かばんを投げだして、地面にたおれこんだ。ぼくたちは、あわててかけよった。

「モスクが……。モスクがなくなってる」

父さんは、がれきの山を指さした。

数人の兵士が、通りの向かいからやってきた。母さんは、あわてて父さんの上着をひっぱった。

「立って！　早く！　行かなくちゃ。立ちどまっては危険《きけん》よ！」

おじいちゃんとおばあちゃんは、町のはずれに住んでいた。ぼくたちの姿《すがた》を見ると、近所の人たちが家からとびだしてきて、ぼくたちに抱《だ》きついた。母さんも近所の人たちも泣いていた。父さんが、おじいちゃんの家の門をあけて、ぼくたちは小さな庭へ入った。さわぎをききつけたおばあちゃんが、玄関《げんかん》のドアをあけて、外に出てきた。母さんは、その場にたおれこんでしまった。

ぼくがおじいちゃんとおばあちゃんに会うのははこれがはじめてで、母さんにとっては十三年ぶりだ。おじいちゃんは、りっぱな口ひげをはやして、ごわごわした作業服を着ていた。おばあちゃんは、キュロットスカートみたいなものをはいていた。花柄《はながら》で、床《ゆか》につきそうなくらい長かった。頭には、ショールを巻《ま》いていた。おばあちゃんは、とても年とってみえた。

「あの人、だあれ？」イェバートが、おばあちゃんを指さした。

「お母さんのお母さん。お母さんが、あなたのお母さんなのといっしょよ」

「しずかに！」おじいちゃんがいった。「さあ、中に入って。大きな声を出すとまずい」

ぼくたちは、かべぎわに背《せ》の低いソファが置かれた部屋へ入った。おばあちゃんは、ぬれたタオルを母さんの額《ひたい》に当てると、台所へ行ってお茶を入れた。

「いったい、だれがどの子だい？」おじいちゃんがたずねた。「わしの孫たち、顔をよく見せとくれ！　アネータか、ずいぶん美人になったなあ！　最後に見たときは、まだほんの子どもだったのに。ラミッツは、もうりっぱな一人前じゃないか！　おまえは、アーサンかい？　シェンデルにイェバート、サッカーが好きそうだな」

イェバートは、道中ずっと、サッカーボールを抱《だ》きしめていた。今もサッカーボールを放そうとしないで、ぼくのそばに身をよせてきた。ぼくたち兄弟は、だまったまま、そっとあたりを見まわした。何もかもが今までとちがう。

おじいちゃんとおばあちゃんの家は、かなりせまくて、天井《てんじょう》は低く、二階はなかった。入るとすぐに台所で、その奥《おく》に小さな部屋が一つあった。台所の左にあるのが、今、ぼくたちがすわっている居間《いま》だ。台所の右にも部屋が一つあって、おじいちゃんとおばあちゃんの寝室《しんしつ》みたいだった。

おじいちゃんは、ランプをつけた。

「前はいつでも電気が使えたんだが」おじいちゃんはいった。「戦争で送電設備《せつび》が破壊《はかい》されて、今じゃ、電気もときどきしか使えないし、いつ使えるかも分からない」

おばあちゃんがお茶と食べ物を持ってきて、ソファの前の、背《せ》の低い小さなテーブルの上に置いた。家具は、どれも背《せ》が低かった。ソファには背《せ》もたれがなくて、クッションがかべに立てかけてある。床《ゆか》には、トルコ柄《がら》のぶ厚《あつ》いじゅうたんがしいてあった。

夕飯がすむと、母さんとおばあちゃんは、ぼくたちが眠《ねむ》れるようにマットレスをしいてくれた。マットレスは、ぴったりくっつけてしかないと、全員の分が入らなかった。

母さんがブランケットをかけてくれた。ほんとうにあたたかかった。イェバートは、やっぱりサッカーボールを放さなかった。

どうにもならない

コソボに来る前、母さんは、どうにかなるといっていた。でも、どうにもならなかった。学校にも行けないし、通りでサッカーもできない。大声で話すことも、外へ出ることもできなかった。ときどき外へ出かけるのは、おじいちゃんだけだ。おじいちゃんは食肉業者で、たくさんのアルバニア人と知り合いだった。さばいた肉を彼《かれ》らに売ったお金で、食べ物やまきや、そのほか必要なものを買うことができた。

おじいちゃんは、どうして戦争になったのか、教えてくれた。

「セルビア人とアルバニア人が、コソボを奪《うば》い合っているんだ。ロマ人は、その板ばさみになっている。前はうまくやっていたんだが、今じゃ、となり近所も友人どうしも敵《てき》になって、だれも信じられなくなってしまった」

おばあちゃんも、話に入ってくると、きまってこういった。

「あんたたちは、ここにいちゃいけない。危険《きけん》すぎる。セルビアか、もっと遠くへ逃《に》げなさい！　できるだけ遠くへ！　おじいさんやわたしは、もう年だし、ここで死んだっていい。でも、あんたたちは、まだ若《わか》い。それに、ああ、子どもたち！　生きのびて、大きくならないと！　かわいそうに、戦争のせいで！」

おばあちゃんのいうことは、おおげさなんかじゃなかった。この町にいるのは危険《きけん》だった。父さんの両親はもう、セルビアに亡命《ぼうめい》してしまった。レンガづくりのりっぱな家は、ただの廃墟《はいきょ》になっていた。昼となく夜となく、サイレンが鳴った。そのたびに、おじいちゃんとおばあちゃんはさっと立ちあがって、家じゅうの電気を消すと、コンセントやケーブルをみんな抜《ぬ》き、ぼくたちに、床《ゆか》にふせてじっとしているようにいった。やがて外の通りで炎《ほのお》があがり、ごう音がとどろき、何かが爆発《ばくはつ》する音と、人びとのさけび声がきこえた。それから、しんとしずかになった。おじいちゃんが立ちあがって、窓《まど》に近づき、カーテンのすきまから外の様子を確《たし》かめるまで、ぼくたちはじっとふせていた。

夜になると、大勢《おおぜい》の人たちが、ぼくたちの家の窓《まど》に石を投げつけて、どなった。

「ジプシーのクソったれ、出ていけ！」

「あの人たち、だれ？」ぼくは、おじいちゃんにきいた。「どうして、ぼくたちをきらうの？ ぼくたちが、いったい何をしたの？ あの人たちに、従《したが》わなくちゃいけないの？」

おじいちゃんは、首をふった。

「戦争では、みんなおかしくなってしまうんだ」


ある朝、いつものように退屈《たいくつ》してソファにすわっていると、通りでさわぎ声やわめき声がきこえた。だれかが庭の柵《さく》を押《お》しあけて入ってきて、ノックもしないでドアをあけた。武装《ぶそう》した男が五人、部屋に入ってきた。兵士の格好《かっこう》はしていないけど、銃《じゅう》を持っていて、ぼくたちに向けた。

「撃《う》たないでくれ」おじいちゃんがいった。「子どもがいるんだ」

男の一人が、おじいちゃんを銃《じゅう》で殴《なぐ》りたおした。他の男たちは、父さんをつかまえて、わめきながらゆすぶった。一人が、ロマニ語でいった。

「ドイツ帰りなんだろ、金があるのは分かってんだ。出せ！」

父さんは、ポケットを裏返《うらがえ》した。

「あるのはこれだけだ。さあ」

「まだ持ってるだろ、もっとずっと！」男がわめいた。

一人が、父さんのポケットから落ちた小銭《こぜに》や紙幣《しへい》をひろいあげた。

父さんはいった。

「これで全部だ。さあ、もう出ていってくれ。子どもたちに、こんなところを見せたくない。たのむから、金を持って出ていってくれ」

男は、父さんを殴《なぐ》った。

「バカめ、もっと痛い目をみるだけだぜ！　金はあるんだろ。出さねえと、きさまを連れてくぞ」

男は、わめきながら父さんを殴《なぐ》り続けた。アルバニア語とロマニ語で、ひっきりなしにわめいている。

「もう、そのくらいにしとけよ」一人がいった。

「ほっとけ！　うるさいぞ」もう一人がさけんだ。

「そろそろ、ずらかるぞ」三人目がいった。

「バカ、もう、ほっとけ」四人目がどなった。

男たちは、父さんを引きずって通りに出ると、父さんを連れて立ち去った。

ぼくたちは、ぼう然とした。

おばあちゃんが、よろけながら台所へ行って、タオルと水の入ったおけを持ってくると、おじいちゃんの額《ひたい》の血をぬぐった。母さんは、狂《くる》ったみたいに泣いていた。姉さんも、弟たちも泣いた。ぼくも泣きだした。

やっと落ち着くと、おばあちゃんがいつもの言葉をくり返した。

「あんたたちは、ここにいちゃいけない」それから、つけ加えた。

「あんたたちをここから逃《に》がしてくれる人を探《さが》そう。ヨーロッパのどこでもいい。遠ければ遠いほどいいんだ」

おばあちゃんはすぐに、ぼくたちの亡命《ぼうめい》の計画を立てはじめた。おばあちゃんは、父さんのお金がポケットに入っていた分だけじゃないことも、どこに隠《かく》してあるのかも知っていた。お金は、台所のたなの上の、米の入ったびんの底にしまってあった。おばあちゃんは、びんから米を取りだして、紙幣《しへい》をかぞえた。

「これだけじゃ足りない」

母さんのりっぱな金のイヤリングと指輪も売ることになった。一番大事にしていた、姉さんとぼくの洗礼《せんれい》のお祝いのうでわも、売らなくちゃならなくなった。

「いくら大事な記念だって、命にはかえられないよ」おばあちゃんがいった。

計画を成功させるには、たくさんのお金が必要だったんだ。

どんな計画なのか、ぼくたち子どもには教えてもらえなかったけど、大人たちの話から、なんとなく分かった。ぼくは、毎晩《まいばん》、横になったまま起きていて、大人たちが小声で話すのをきき分けるのがうまくなっていた。ぼくたち兄弟五人と母さんは、亡命《ぼうめい》するんだ！

おばあちゃんとおじいちゃんは、手分けして計画を進めた。おばあちゃんがお金を集めて、おじいちゃんは危険《きけん》な脱出《だっしゅつ》をひきうけてくれる運転手を探《さが》した。亡命《ぼうめい》には、大人も子どもも関係なく、一人数千クローナ（十万円前後）かかった。

どうしてそんな大金がいるのかというと、他の国に脱出《だっしゅつ》するのはすごく危険《きけん》だからだ。亡命《ぼうめい》をひきうけたことがばれたら、何年間も監獄《かんごく》に入れられてしまう。おじいちゃんとおばあちゃんは、偽造《ぎぞう》パスポートも用意しなくちゃならなかった。ぼくたちがセルビア人だということになってるパスポートだ。それに、おばあちゃんは、運転手が警察《けいさつ》や税関《ぜいかん》につかまった場合にわたす、口止め料の分のお金も用意しなくちゃならなかった。

母さんは、計画に耳をかさなかった。

「あの人を置いてなんかいけない」といって、泣いた。

おばあちゃんは、あきらめなかった。

「しっかりしなさい、子どもたちがいるだろう！　おまえたちが無事に脱出《だっしゅつ》できたら、きっとバイラムを探《さが》しだしてあげるから」

数か月たったある晩《ばん》、おばあちゃんがかけよってくる足音で、ぼくは目がさめた。おばあちゃんがささやいた。

「準備《じゅんび》はできた。さあ、急いで！　アッラーがお守りくださいますように」

おばあちゃんは、ぼくに携帯《けいたい》電話をわたすと、使い方は分かるか、ときいた。ぼくは、うなずいた。

「ドイツにいるおじさんに電話するんだよ」おばあちゃんは、いった。「必要なとき、きっと助けてくれる」

母さんとぼくたち兄弟は、音を立てずにすばやく服を着ると、家の外の暗がりにとまっているワゴン車へ向かった。運転手が待っていて、ぼくたちを見るなり、後ろのドアをあけて、全員を中に押《お》しこんだ。たくさんの段《だん》ボール箱の後ろに、マットレスをしけるだけのすきまがあった。ぼくたちはそこへもぐりこんで、体を丸めた。運転手が段《だん》ボール箱をもとにもどして、ぼくたちのまわりに高く積みあげた。それから、ドアを閉《し》めると、エンジンをかけた。ワゴン車は、ライトをつけずに走りだしたようだった。たった数分の出来事だった。

ワゴン車の中は、暗くしめっていて、野菜のにおいがした。たぶん、段《だん》ボール箱の中に入ってるんだろう。おばあちゃんが、食べ物と水を用意しておいてくれていた。ぼくたちは水を少し飲むと、ブランケットをかぶって、マットレスに横になった。でも、ほとんど眠《ねむ》れなかった。ときどき、うとうとしては、起きあがってまた横になる。いったい今、何時で、どこにいるのか、全然分からない。ワゴン車は、どんどん走っていった。

突然《とつぜん》、ワゴン車がとまった。不気味なくらい、しずかになった。運転手が後ろのドアをあけて、段《だん》ボール箱をいくつか、わきに動かす音がする。

「出ろ！」運転手が、くだけたアラビア語でいった。

ぼくたちは、はい出した。森の小道の中だった。真っ暗で、真夜中みたいだ！　運転手が、森に入るように手で合図した。

わけが分からず、ぼくはこわくなった。まさか、だまされて、こんな真っ暗やみの中に放りだされるんだろうか？　お金も全部持っていかれて？　運転手は、ぼくたちを落ち着かせようとした。ようやく、ぼくたちは、森で用を足すようにいわれているだけだと分かった。

それから、運転手は、これからのことを短く説明した。このせまい道をしばらく走っていくこと。ときどき、車をとめるけれど、夜の間だけだということ。どんなときでも、しずかにしていなくちゃならないこと。もし、車がとまって、話し声がきこえたら、じっとして、絶対《ぜったい》に声をあげたり、鼻をならしたり、泣いたりしてはいけないこと。

「すげえ危険《きけん》なんだぞ」

ちょうどそのとき、ぼくの携帯《けいたい》電話が鳴った。運転手がかけよって、ぼくの肩《かた》をつかんで、強くゆすぶった。

「こっちへよこせ！」

ぼくは、急いで携帯《けいたい》電話をわたした。運転手は電源《でんげん》を切ると、携帯《けいたい》電話を自分のポケットにつっこんだ。

「すげえ危険《きけん》なんだぞ。おれのいう通りにするんだ！　分かったな！」

運転手のいう通りだった。

何もかも、この男の手にかかっていることは、母さんもぼくたちもよく分かっていたし、いわれた通りにするほかなかった。取り決めでは、ワゴン車で運んでもらうのとひきかえに、ぼくたちはお金を払《はら》って、しずかにしている約束だった。

ワゴン車は、ときどき森にとまって、ぼくたちは外に出ることができた。運転手は車のそばに立って、だまってたばこを吸《す》っていた。ぼくたちと話したくないみたいだったけど、ときどき、水筒《すいとう》に水をくんでくれたり、サンドイッチをわけてくれたりした。だれかの声がきこえると、ぼくたちは、じっと動かずにいた。後ろのドアがあいて、話し声や、段《だん》ボール箱を動かす音がすることもあった。警察《けいさつ》か？ 税関《ぜいかん》か？ それとも山賊《さんぞく》？ ぼくたちは体をかたくして、息をころした。イエバートはかぜをひいていて、鼻をすする音がきこえないように、母さんが手でイエバートの口をおさえた。

母さんは、運転手がトルコ出身じゃないかと予想した。

「ぼくたち、トルコへ行くの？」ぼくは、小声でたずねた。

母さんは、そうは思わなかった。トルコ語が少しできるから、外の話し声がトルコ語じゃないって分かったんだ。アラビア語がきこえるときもあって、その次は、ポーランド語のようなのがきこえた。チェコ語かもしれない。ドイツ語がきこえたときは、はっきり分かった。

「北に向かってるみたいね」母さんはささやいた。「きっと、どうにかなるわ」

もう何日たったのか、分からない。ぼくたちはマットレスに横になって、ほとんど話もしなくなった。ワゴン車での生活にも慣《な》れてしまった。暗やみの中を走って、暗い森の中でとまる。暗やみが、ぼくたちの日常《にちじょう》になった。

でも、とうとう、いつもとちがうことが起きた。ある日、運転手が段《だん》ボール箱をどかすと、日の光が差しこんできた。外は明るくて、夜の暗やみじゃなかったんだ。

「出ろ」運転手がいった。

ぼくたちは、ワゴン車からはい出して、思わず目をつぶった。まぶしすぎて、目がいたいくらいだ。そこは、真っ昼間の駐車場《ちゅうしゃじょう》だったんだ！

運転手が、そばの建物を指さした。

「アシール」というと、もう一度くり返した。

「アシール（亡命《ぼうめい》）だぞ」

運転手は、ワゴン車に乗りこむと、ぼくの携帯《けいたい》電話を持ったまま、走り去ってしまった。

二段《だん》ベッド二つと、簡易《かんい》ベッド一つ

母さんと姉さんと、ぼくとアーサンとシェンデルとイェバートは、運転手が指さした建物へ向かった。ふつうの家の形をしたレンガづくりの建物で、かなり大きかった。鉄《てつ》格子《ごうし》はなく、監獄《かんごく》や警察《けいさつ》じゃなさそうだった。中に入ると、待合室のような大きな部屋があった。数人がすわって、何か待っていた。ぼくたちは、銀行か郵便局《ゆうびんきょく》の窓口《まどぐち》みたいなところへ行った。女の人がガラスの向こうにすわっていて、マイクをつけて話している。窓口《まどぐち》の上には、「受付」と書いてあった。

母さんは窓口《まどぐち》をたたいて、「アシール」といった。

女の人は、ぼくたちの知らない言葉で何かいい、番号札の機械を指さした。ぼくたちは番号札を取って、いすに腰《こし》をおろした。

イェバートが何かたずねようとしたけど、母さんがさえぎった。

「しずかにしてなさい。だれとも口をきいちゃだめよ」母さんは、厳《きび》しい声でいった。

順番がくると、ぼくたちは、受付の女の人のところへ行った。

「アシール」母さんが、もう一度いった。

女の人が何かいった。いろんな言語を試しているみたいだ。「パピエレン」というドイツ語をきいて、やっと女の人のいっていることが分かった。母さんは、おばあちゃんが手に入れてくれたパスポートをブラウスの下に隠《かく》し持っていた。パスポートを取りだすと、女の人が窓口《まどぐち》の下からさし出した、小さなトレイの上にのせた。女の人は、パスポートをぱらぱらめくって中身を確《たし》かめ、ぼくたちを見てパスポートと見比《みくら》べ、またぼくたちをじっと見て、受話器をとった。そして、ぼくたちがさっきまですわっていたいすを指さした。もどるように、ということらしい。

ぼくたちは、またいすにすわって待った。どうか、警察《けいさつ》に電話してるんじゃありませんように！

しばらくして、一人の男がやってきた。男は、セルビア語でいった。

「あなた方の国籍《こくせき》は？」

母さんは、ためらっているみたいだった。

「セルビアです」はじめ、母さんはそういった。パスポートでは、セルビア人ということになってるんだ。でも、やっぱり、いい直した。

「いいえ、ロマ人です」

男が何を考えてるのか、表情《ひょうじょう》からは分からなかった。男はただ、言葉の分かる通訳者《つうやくしゃ》をよんでくる、とだけいった。

「ここでは、あの人がどうするかきめるの？」イェバートがきいた。「ぼくたち、ろうやに入れられちゃうの？」


まもなく、男は二十歳《さい》にもなっていないような青年を連れてもどってきた。

「アドナンです」青年がいった。

「お役に立てると思います」

アドナンは、ぼくたちの言葉を話した。れっきとしたロマ人で、親切そうだった。自分は通訳者《つうやくしゃ》で、審査官《しんさかん》――アドナンは、となりにいる、セルビア語を話す男を指さした――に、ぼくたちのいうことを正確《せいかく》に伝え、ぼくたちにも、審査官《しんさかん》がいうことをすべて正確《せいかく》に伝える、といった。一言も変えたり、つけ加えたりせずに正確《せいかく》に伝えることが、アドナンの役目なんだ。

「ウンコたれ」イェバートがいった。

ぼくは、イェバートをしかるべきか、笑うべきか、分からなかった。いったいどこから、そんな言葉が出てくるんだ？　ぼくの弟は、ちょっと変わってる。

審査官《しんさかん》についてくるようにいわれて、ぼくたちは一人ずつ写真をとられた。それから、母さんは、きみょうな機械の上に指をのせて、指の写真をとられた。

「指紋《しもん》をとるんです。証明《しょうめい》になりますから」審査官《しんさかん》が説明した。アドナンが通訳《つうやく》してくれた。

しばらくすると、ぼくたちはそれぞれ、自分の名前と写真が入った紙をわたされた。

「ここに親戚《しんせき》はいますか？」審査官《しんさかん》がたずねた。

そのときはじめて、母さんは、いったいここがどこなのか、きいてもいなかったことに気がついたんだ！　審査官《しんさかん》が、南スウェーデンのマルメという町だって教えてくれた。

スウェーデンだったんだ！　母さんは、よろこんだ。スウェーデンには、親戚《しんせき》が一人いる。父さんのいとこで、スウェーデンのノルシェーピングっていう町に住んでるはずだ。アドナンは、何か知っているだろうか？　そのことをアドナンに伝えると、自分は通訳《つうやく》をするだけで、そういうことを調べてはいけないんだといった。でも、親戚《しんせき》に連絡《れんらく》を取ってもらえるよう、審査官《しんさかん》にたのんでくれることになった。

そのあと、母さんは、審査官《しんさかん》からのたくさんの質問《しつもん》に答えなくちゃならなかった。

「どうやって、ここに来ましたか？」審査官《しんさかん》はたずねた。「どの国を通りましたか？　運転手の名前は？　いくら支払《しはら》いましたか？　ここまで来るのに、何日かかりましたか？　途中《とちゅう》でだれかに会いましたか？　ご主人はどこにいますか？」

「分かりません。分かりません。分かりません。分かりません」母さんは、ひたすらくり返した。

質問《しつもん》が終わると、アドナンは、これで失礼しますといった。審査官《しんさかん》もいっしょに退席《たいせき》していった。まもなく、かわりの人物が二人、来てくれることになった。

ぼくたちは、また待合室にもどって待った。他にすることもなくて、まわりの人たちの様子をながめていた。水は自由に飲むことができた。年とった女の人が泣いている。おじいさんが、せきをしている。子どもが数人、かけまわっている。イェバートは、かごに入ったおもちゃを見つけた。何かいいたそうに母さんを見たけど、母さんは、首を横にふった。

しばらくしてやってきた二人は、スウェーデン人だった。二人に連れられて、別の建物に移《うつ》ると、長い廊下《ろうか》を通って、ベッドがたくさんある部屋へついた。ぼくは、すばやくベッドを数えて、ちゃんと人数分あるのを確《たし》かめた。二段《だん》ベッドが二つと、簡易《かんい》ベッドが一つ。二人のスウェーデン人は、部屋に荷物を置くよう、身ぶりで示すと、施錠《せじょう》できるようにかぎをわたしてくれた。それから、ぼくたちは、また二人について、建物の中を見てまわった。

廊下《ろうか》の一角に、テレビとテーブルがあって、いろんなゲームが置いてあった。もう一方の廊下《ろうか》のつきあたりには、食堂があった。食堂のドアには、朝食と昼食と夕食の時間が書かれていた。食堂のわきには、売店があった。

スウェーデン人たちが帰ってしまうと、ぼくたちはベッドに腰《こし》をおろして、ぼんやりと宙《ちゅう》を見つめた。沈黙《ちんもく》をやぶったのは、イエバートだった。

「お父さんは、どこ？」

イエバートは、ぼくたちが父さんのところに向かっていると思ってたんだ！　きっと母さんが、イエバートをおとなしくさせようとして、道中ずっとうそをついていたんだろう。その証拠《しょうこ》に、母さんはいった。

「お父さんは、もうすぐ来るわ」

第6章
動かない舌《した》

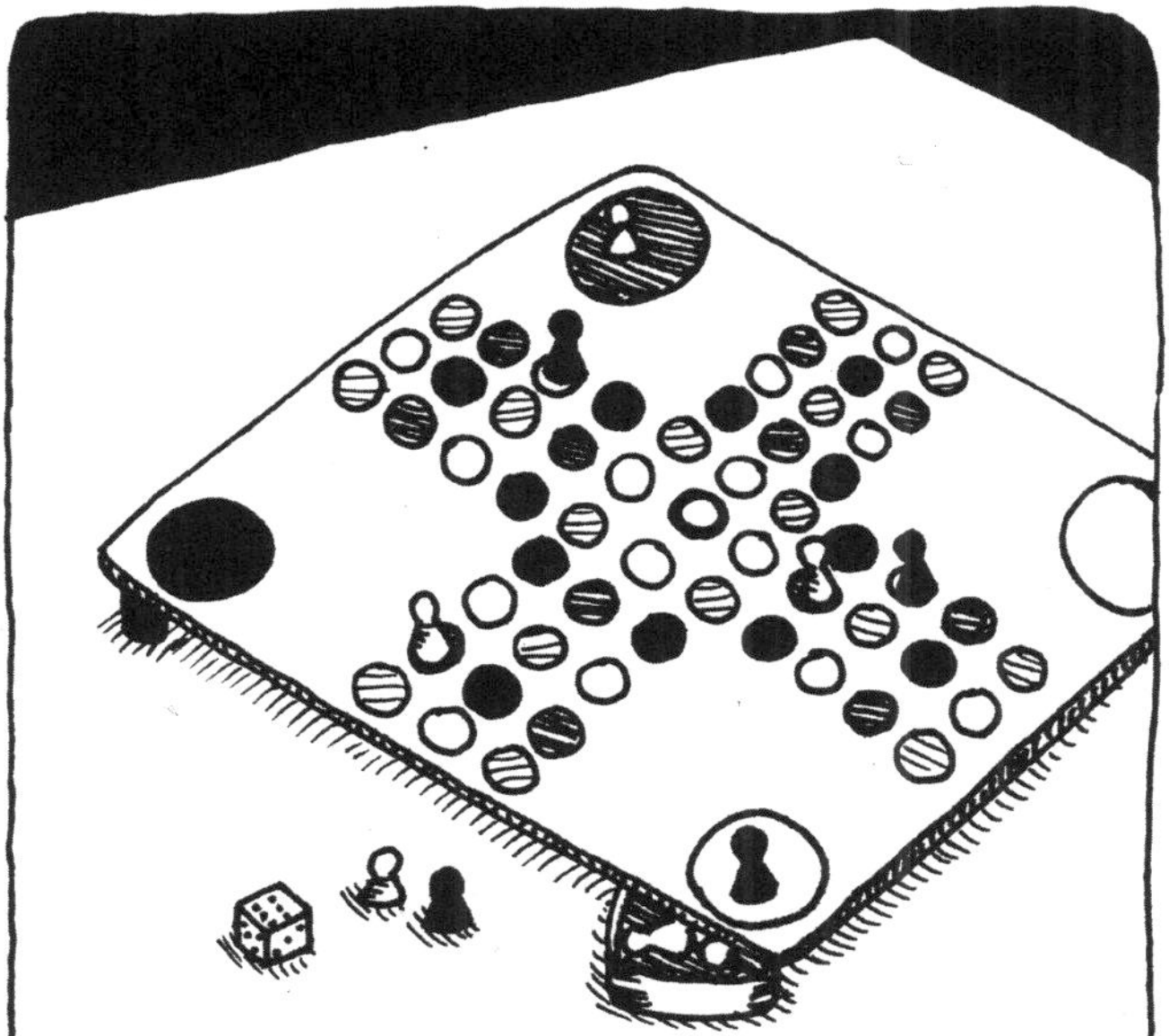

難民宿舎《なんみんしゅくしゃ》

こうして、ぼくたちは難民宿舎《なんみんしゅくしゃ》に入った。ここがスウェーデンだってこと以外、はっきりとしたことは分からなかった。ぼくたちは、他の難民《なんみん》たちを見て、彼《かれ》らと同じようにした。最初の日の夕飯は、魚のグラタンだった。

学校の食堂のようなところに、たくさんのテーブルといすがならんでいた。ぼくたちはお皿に料理をとってきて、ただ口に運んだ。味なんて分からない。かんで、飲みこむだけだった。

大人も子どもも大勢《おおぜい》いた。ほとんどが男で、よくしゃべっていた。ドイツのエッセンのバラック小屋みたいだ。

イワン！　イワンのことを、すっかり忘《わす》れていた！　ぼくの大事な友だち、どうしてるだろう？　ぼくは孤児院《こじいん》なんかに入れられなくて、ほんとうによかった。

母さんに、他の難民《なんみん》たちと口をきかないようにいわれて、ぼくたちは他から離《はな》れて席をとった。イエバートは、数人の子たちが、テーブルの間をかけまわっておいかけっこをしているのを、うらやましそうにながめていた。母さんは、気に入らないみたいに頭をふった。

食べおわると、ぼくたちは部屋へもどった。廊下《ろうか》でテレビを見ることもできなかった。

「お母さん、つまんない」シェンデルが文句《もんく》をいった。「テレビ、見ちゃだめ？」

車のブレーキの音や、ピストルをバンバン撃《う》つ音がきこえていて、アクション映画《えいが》をやっているみたいだった。「ターミネーター２」か、「スパイダーマン２」かもしれない。どうして見ちゃいけないんだろう？　どうして、ろうやにいるみたいに、こんなところにすわってなくちゃいけないんだ？　どうして、他の人たちと話しちゃいけないんだろう？

母さんは、ため息をついた。

「どんな人たちか、分からないでしょう」といって、簡易《かんい》ベッドに横になった。

「ラミッツ、弟たちの面倒《めんどう》を見られるわね」母さんは、赤十字協会のおばさんたちからもらったブランケットを頭からすっぽりかぶってしまった。

イェバートはサッカーをしたがったけど、部屋の中ではせますぎた。ぼくたちがボールをちょっと投げたり、けったりしていると、シェンデルも仲間に入りたがった。

「やめなさい！　しずかにして！　うるさくて、頭が痛くなるわ」母さんが、ブランケットの下でうめいた。

ぼくは、弟たちとベッドに腰《こし》をおろした。今の状況《じょうきょう》を整理して、起こったことを考えてみようとした。父さんがいなくなった、母さんは簡易《かんい》ベッドに横になっている、姉さんもベッドに横になっている、ぼくは弟たちとこうしてすわってる。弟たちの中で、一番年上なのはぼくだ。しっかりしなくちゃいけないのは、ぼくなんだ。どうしたらいいだろう？　何ができる？　そうだ、話をするのはどうだ。

まず、テレビで見たサッカー選手の話をした。サッカーは好きだから、選手の話をするのは難《むずか》しくなかった。ぼくが好きなのは、レアル・マドリードでプレーしてるラウル、世界のベストプレーヤーに選ばれて、フランスでプレーしてるジネディーヌ・ジダン、ドイツのゴールキーパーで、バイエルン・ミュンヘンでプレーしてるオリバー・カーン、それに、ドイツリーグの、ＦＣシャルケでプレーしてるガーナ出身のアサモア。

その次は、いろんな車の名前の話をした。ボルボ、フォルクスワーゲン、ヴォルガ、みんな、頭文字がVではじまる車だ。

「Aではじまる車、知ってるかい？」ぼくはきいた。

アウディ、アルファロメオ。Bではじまるのは、ベントレー、BMW、ビュイック。Cは、キャデラック、シボレー、クライスラー、シトロエン。ぼくたちは、アルファベット順に続けていった。シェンデルは、車の名前にくわしかった。Fまで来たときには、すっかり夢中《むちゅう》になっていた。

「フォード・フィエスタ！」シェンデルは、「F」を二つとも強調して、誇《ほこ》らしそうにさけんだ。「ドイツで、父さんが乗ってたやつだ！」

そんなこと、いっちゃいけなかったのに。

「お父さん……お父さん、来て」イエバートが、ぐずりだした。「いつ来るの？　お父さん、お父さん！」といって、泣き出した。

姉さんが寝返《ねがえ》りをうって、シェンデルをにらみつけた。確《たし》かに、シェンデルは物分かりが悪すぎる。もう十歳《さい》だってのに！

イエバートは、手がつけられなくなった。

「お父さん、お父さん！」

イエバートは、鼻をすって泣きながら、「お父さん、お父さん！」と、くり返した。

そのとき、いいことを思いついたんだ。こんなに百パーセント最高の考えがどうやってひらめいたのか、自分でも分からない。ぼくは、父さんの話をはじめたんだ！　ちっとも難《むずか》しくなんかなかった、ドイツの赤十字協会で、家具を引き取りにいったとき、父さんからきいたことを残らず話したんだ。テーブルにもなる簡易《かんい》ベッドのこと、父さんのお金をかっぱらった警官《けいかん》たちのこと、ダンスグループのリーダーをしていた父さんが、母さんと恋《こい》に落ちたこと、シチリア島でのこと、父さんのおじさんのこと、アコーディオンの演奏《えんそう》のこと、物乞《ものご》いのことや、ゆるんだレンガの後ろにお金を隠《かく》したこと。

話し続けているうちに、イエバートは、サッカーボールを抱《だ》いたまま、親指をくわえて眠《ねむ》ってしまった。

スウェーデンにスパイはいるか？

マルメの難民宿舎《なんみんしゅくしゃ》に来て、三、四か月たったころだろうか、審査官《しんさかん》と通訳者《つうやくしゃ》がぼくたちをたずねてきた。審査官《しんさかん》が、ノルシェーピングにいる父さんのいとこのナーセルおじさんを見つけてくれたんだ！　さっそく、おじさんに電話してみることになった。

審査官《しんさかん》は、携帯電話《けいたいでんわ》におじさんの番号を入れると、母さんに手わたした。母さんは、言葉がのどにつまって、うまく話せなかった。おじさんがほとんど一方的に話して、母さんは、「ええ」とか、「いえ」とか、「分かりません」と答えるだけだった。

翌日《よくじつ》の夜にはもう、ナーセルおじさんが奥《おく》さんといっしょにやってきてくれた。ロールキャベツやミートボール、サラダにピーマンの肉詰《にくづ》め、ヨーグルトにミートパイも持ってきてくれた。ぼくたちは食堂からお皿を借りてきて、ベッドにすわって食べた。

なんておいしいんだろう！

母さんは、おじさんに携帯電話《けいたいでんわ》を貸《か》してもらって、毎日、おじさんと電話ができるようになった。おじさんはお金も少しくれて、ぼくたちは、食堂のわきの売店で買い物もできるようになった。

今度は、ぼくがこういう番だった。

「きっと、どうにかなるさ」

母さんは、気力をすっかりなくしてしまったみたいで、簡易《かんい》ベッドに横になったまま、天井《てんじょう》を見ているか、ブランケットをかぶって目をつぶっていた。ナーセルおじさんは、廊下《ろうか》でテレビを見るのはかまわないけど、他の難民《なんみん》たちと話をするのは、やっぱり賛成《さんせい》しないといった。

「どんな人間がいるか分からない。スパイかもしれないだろう。油断《ゆだん》できない人物はどこにでもいるんだ、ここにだって」おじさんはいった。「警察《けいさつ》や移民局《いみんきょく》に密告《みっこく》しないともかぎらない」

シェンデルとアーサンは、ワクワクしているみたいだった。スパイだって！　イェバートは、事の重大さがちっとも分かっていなくて、スパイごっこをしようといいだした。ここに、ほんとにスパイがいるの！　廊下《ろうか》に？　それとも食堂に？　どろぼうやモンスターを見張《みは》ってるの？　イエバートは、ベッドの下に小屋をつくってもぐりこむと、見張《みは》りをはじめた。

「バン、バン！」イエバートは、こわれたハンガーをレーザー銃《じゅう》のかわりにして、ぼくたちを撃《う》つまねをした。

ぼくがスパイごっこの相手をするのにつかれてしまうと、イエバートは、父さんの話をして、とせがんだ。父さんが、簡易《かんい》ベッドの中に毛糸のくつ下を入れていたせいで、警官《けいかん》たちに追いかけられた話がお気に入りだったんだ。何度でもききたがった。

イエバートは、ぼくと同じ二段《だん》ベッドの下の段《だん》に寝《ね》ていて、朝はいつも、イエバートの元気な顔がベッドのふちからのぞいて起こされた。

「ラミッツ、おきて。ねえ、お父さんが警官《けいかん》たちをだまして、頭にくつ下をぶつけてやった話をしてよ！」

ぼくは、話がもっとおもしろくなるように、ちょっとふくらませてやったんだ。

ナーセルおじさんは、毎日、電話してくれて、審査官《しんさかん》と通訳者《つうやくしゃ》も、ときどき様子を見にきてくれた。スウェーデンとの「つながり」ができた今は、「ぼくたちの審査《しんさ》」も進めやすくなったみたいだった。つながりっていうのは、ナーセルおじさんのことで、ぼくたちが親戚《しんせき》どうしだってことだ。「つながり」に近づくために、ぼくたちはノルシェーピングに移《うつ》ることになりそうだった。おじさんは、自分たちのところにいっしょに住んだらいいといってくれたけど、母さんは、ぼくたちが大勢《おおぜい》でおしかけたら窮屈《きゅうくつ》になってしまう、とためらった。審査官《しんさかん》は、好きなようにしていい、といった。「審査《しんさ》」がすべてすんで、ぼくたちが何者で、どこから来たのか証明《しょうめい》されるまでは、難民宿舎《なんみんしゅくしゃ》に住むこともできた。審査《しんさ》が終わったあと、どうなるかは、スウェーデンの移民局《いみんきょく》しだいだった。

審査官《しんさかん》は、移民局《いみんきょく》から派遣《はけん》されてきていた。ぼくたちを調査するのが役目だった。審《しん》査官《さかん》は、ぼくたちがどうしてドイツ語を話せるのか、調べはじめた。

「ドイツに住んでいたんですか？」

母さんは警戒《けいかい》して、「いいえ」と答えた。その夜、おじさんにそのことを話すと、おじさんは、母さんの判断《はんだん》は正しかったといった。

「もし、ドイツに住んでいたと分かったら、ドイツに送り返されてしまうぞ」

「まさか」母さんはいった。「ドイツには、もう住めないんですよ。コソボに送り返されてしまったじゃないですか」

おじさんは、六年前にスウェーデンに来て、永住許可《えいじゅうきょか》を取ったんだ。つまり、スウェーデンにずっと住んでいていいってことだ。だから、どんなふうにして、何て答えればいいのかも、よく分かってる。もし、スウェーデンに来る前に、ドイツとか他のヨーロッパの国に住んでいたことがあると、その国の難民《なんみん》ということになるんだ、とおじさんはいった。つまり、ぼくたちのことを調査して、どうするか決めるのは、ドイツだってことになる。

おじさんは母さんに、ドイツ語はコソボの学校で習ったことにするんだ、といった。

ぼくは心配になった。審査官《しんさかん》にコソボの学校がどうだったかきかれたら、どうしよう！　学校は楽しかったかとか、先生はやさしかったかとか、そういう、大人がきまってするようなありきたりの質問《しつもん》なら、適当《てきとう》に答えられる。でも、学校が何時にはじまって、何時に終わるかとか、宿題はあるのかとか、ドイツ語を学んでいる生徒は何人かってきかれたら、どうしようもない。コソボの学校のことなんて、何も知らないんだ。ドイツで、ドイツの学校に通ってただけなんだから！

審査官《しんさかん》は、感じの悪い人じゃなくて、むしろ、いつもほがらかで親切な人だった。ぼくたちのために、できるかぎりのことをする、といってくれた。でも、やっぱり、質問《しつもん》されるのはこわかった。

「セルビア？」審査官《しんさかん》は、額《ひたい》にしわを寄《よ》せていった。「どうして、セルビアのパスポートを持っているんですか？」

かわいそうな母さん、何て答えたらいいんだろう？　おばあちゃんがセルビア人からパスポートを買ったなんて正直に答えたら、「審査《しんさ》」はうまくいくんだろうか？　それとも、うまくいかなくなるんだろうか？　母さんは困《こま》ってしまって、おじさんに相談してからでないと答えられなかった。

お父さんはどこ？

ドイツに住んでいたときは、何曜日だか分からなくなるなんてことはなかった。今じゃ、曜日のことなんか、まったく気にならなくなった。毎日が同じだった。起きて、食堂でごはんを食べて、テレビを見て、眠《ねむ》る。変わったことといったら、イェバートがおねしょをするようになったことくらいだ。もう五歳《さい》だってのに！　姉さんは、毎朝、洗濯室《せんたくしつ》に行って、ぬれたシーツを洗わなくちゃならなくなった。やっかいなことに、洗《せん》濯室《たくしつ》を使うには、かぎが必要だったんだ。かぎを借りるのは、いつも順番待ちで、姉さんは、おねしょのシーツを抱《かか》えて待っている間、恥《は》ずかしい思いをしなくちゃならなかった。

ある日、ようやく変化があった。審査官《しんさかん》からノルシェーピングに移《うつ》るようにいわれたんだ！　おじさんの家じゃなくて、難民宿舎《なんみんしゅくしゃ》に住むことになった。ノルシェーピングの町は、行く前からもう、何だか気に入っていた。

「ノ・ル・シェー・ピ・ン・グ……」審査官《しんさかん》の発音をまねしていってみると、すごくかっこよくきこえた。

ぼくたちは小型バスに乗って、ノルシェーピングへ向かった。何時間もかかったけど、窓《まど》の外をながめているのは楽しかった。

スウェーデンって、いい国だ！ 道路はちゃんとしていて、穴《あな》なんか一つもあいてない！ 家々はきれいに塗《ぬ》られ、木々は青々として、湖は澄《す》みきっている。標識《ひょうしき》に書いてある、通りの名前を読んでみた。オースビー、ヴァルナモー、イェンシェーピング、ヒュースクヴァーナ。グレンナの町では、城塞《じょうさい》を見てお昼を食べた。ケバブにコカ・コーラ。ごちそうだ。

難民宿舎《なんみんしゅくしゃ》は、ノルシェーピングのはずれにある、四階建てのアパートだった。ぼくたちは、居間《いま》と台所と寝室《しんしつ》のある部屋を借りることができた。何もかもがきれいで、すてきだった。窓《まど》にはカーテンがかかっていて、テーブルにはテーブルクロスがしいてある。冷蔵庫《れいぞうこ》も冷凍庫《れいとうこ》もあるし、浴槽《よくそう》のついたシャワールームもある。寝室《しんしつ》には二段《だん》ベッドが、居間《いま》には簡易《かんい》ベッドがあった。テレビもある。バルコニーも。何もかもそろってる！

一つだけ、足りないものがあった。取るに足りないようなものじゃない。すごく大きな存在《そんざい》で、何者にもかえられないもの。父さんだ。いったいどこにいるんだろう？

暮《く》らしはよくなったけど、母さんは心的外傷後《しんてきがいしょうご》ストレス障害《しょうがい》にかかってしまった。診察《しんさつ》に来た医者がそういったんだ。気力がすっかりなくなってしまう病気らしい。母さんは、料理も買い物も、ほとんどできなくなってしまった。悪いことに、姉さんも同じ病気にかかってしまったみたいだ。イェバートのシーツを洗《あら》ったり、買い物に行ったりするのは、ぼくの役目になった。

スーパーのレジのおばさんは、親切だった。ある日、店でぼくと二人きりになったとき、おばさんが話しかけてきた。おばさんは、ボスニア出身だといった。ドイツの難民《なんみん》宿舎《しゅくしゃ》には、ボスニア人がたくさんいたから、ボスニア語はだいたい分かる。

「お母さん、病気なの？」おばさんにきかれて、ぼくはうなずいた。

おばさんはレジから出てくると、品物をかごに入れるのを手伝ってくれた。赤いマークを指さすと、「お買い得品だよ」と教えてくれた。それから、かごの一番上にケーキを一つ乗せていった。「これは、お母さんに」

ノルシェーピングでは、新しい審査官《しんさかん》がついて、おじさん一家も助けてくれた。弟たちは学校に通いだしたけど、ぼくは行かなかった。だいたい、何年生のクラスに入ればいいんだ？　五年生？　六年生？　それとも七年生？　どうせスウェーデン人のやつらにからかわれるにきまってる。だって、ぼくはもうすぐ十四で、他のやつらより年上なのに、何もできないんだ。それに、母さんや姉さんを放ってはおけなかった。今、一家の担《にな》い手はぼくで、ぼくがみんなの面倒《めんどう》を見なくちゃいけないんだ。

ある日、玄関《げんかん》の呼《よ》び鈴《りん》が、いつもとちがう鳴り方をした。おじさんが来るときは、いつもすばやく二回鳴らして、少し間をおいてから、またすばやく二回鳴らす。すると、おじさんだって分かる。審査官《しんさかん》なら、先に電話をかけて、時間を決めてからでないとやってこない。今、ドアの外で呼《よ》び鈴《りん》を鳴らしているのは、だれだろう？　ぼくたちはこわくなって、物音を立てずにじっとして、ドアをあけなかった。

翌日《よくじつ》、また呼《よ》び鈴《りん》が鳴った。母さんは、今度は少し落ち着いていた。おじさんの話では、同じくノルシェーピングに住んでいるロマ人の一家じゃないか、ということだったんだ。母さんと同じ町の出身で、ぼくたちが引っ越《こ》してきたことをきいてやってきたんだろう。母さんは、ドアにしのびよって、のぞき穴《あな》をのぞいた。おじさんのいう通りだった！　母さんの知り合いの一家だったんだ！　母さんはドアをあけて、一家を出迎《でむか》えた。

ノルシェーピングに友だちができてから、母さんはだんだん元気になっていった。友だちと買い物に行ったり、ナスやザクロを売っているお店を教えてもらったりした。いっしょにコーヒーを飲んで、料理をして、パンを焼いた。台所で、母さんたちが笑いながら、小さな袋《ふくろ》に入ったスウェーデンのトウガラシの話をしているのがきこえた。ぼくたちは、ふだんの夕食にそういうトウガラシを五袋《ふくろ》は食べるんだ。母さんは、友だちと窓《まど》をみがいたり、カーテンを縫《ぬ》ったり、ガーデニングをしたりした。

アーサンとシェンデルも元気で、学校が楽しくてたまらないみたいだった。イェバートも幼稚園《ようちえん》に通いはじめた。みんな、友だちができて、庭でいっしょにサッカーをしていた。

ぼくは、わけが分からなくなった。生きているのがしんどくなった。母さんが元気になっていくかわりに、ぼくは、だんだんつかれてきた。母さんの心的外傷後《しんてきがいしょうご》ストレス障害《しょうがい》ってやつが、ぼくにうつってしまったみたいだ。何もやる気がしない。朝起きて、服を着るのがやっとだった。

ときどき、ぼくたちは移民局《いみんきょく》からよびだされて、新しい通訳者《つうやくしゃ》と審査官《しんさかん》に会った。また尋問《じんもん》がはじまって、同じ質問《しつもん》をされた。どうやってここへ来ましたか？　どの国を通りましたか？　運転手の名前は？　ここまで来るのに何日かかりましたか？　いくら支払《しはら》いましたか？　お父さんはどこにいますか？

母さんと姉さんとぼくは、一人ずつ質問《しつもん》をされた。とてもこわかった。質問《しつもん》してくる相手のことは何も分からない。いったい、ぼくたちをどうするつもりなんだ？　おだやかでやさしそうな口調でも、信用できない。敵《てき》なのか、味方なのか？　最悪だったのは、父さんのことをきかれたことだ。どこにいるか知ってるかって？　父さんを最後に見たのはいつだろう？　最後に話をしたのは、いつだろう？

ぼくは、答えるのをやめた。話すのをやめた。ぼくの舌《した》は、動かなくなった。うそじゃない。話すのが得意だったぼくが、しゃべれなくなったんだ。親戚《しんせき》がたずねてくると、母さんは泣きだした。

「子どもたちが、わたしの子どもたちが。主人を失って、次は子どもたちまで失うなんて」

母さんは、背《せ》を向けて横になっている姉さんの方を見た。姉さんは、もう食べることもやめてしまった。母さんは、今度はぼくを見た。ぼくは起きあがったけど、やっぱりしゃべることはできなかった。

カウンセラーに見せなくちゃだめだ、とおじさんがいった。

「この子には、助けが必要だよ」

姉さんも助けが必要だったけど、歩けなくて、いっしょに来ることができなかった。おじさんが、車で病院へ連れていってくれた。病院には「子ども・思春期外来」という科があった。ぼくには、新しい通訳者《つうやくしゃ》がついた。ラマダンという名前で、ぼくにとって一番の通訳者《つうやくしゃ》になった。ラマダンは、何もたずねなかった。ただ、そばにすわって、そっと肩《かた》を抱《だ》いてくれた。ラマダンがいなかったら、ぼくも姉さんのように、足が動かなくなっていたかもしれない。

カウンセラーの名前は、シャスティーンといった。シャスティーンも親切だった。いつも、ぼくの手をにぎってくれた。シャスティーンの手は、やわらかかった。ぼくは、シャスティーンと看護師《かんごし》とおじさんとラマダンといっしょに、丸いテーブルについた。

「調子はどう、ラミッツ？」シャスティーンがきいた。

ぼくの舌《した》は、動かなかった。みんながぼくを見つめた。おじさんが、返事をするようにうながそうとした。ラマダンは、そっとほほえんだ。シャスティーンは気を取り直すと、ラマダンの通訳《つうやく》によれば、励《はげ》ますようなことをいった。でも、ぼくは話せなかった。どうしてもだめだったんだ！

ラマダンがいれば、おじさんはいっしょにいなくてもいい、とシャスティーンがいった。

「おじさんのことが、こわいの？」シャスティーンがきいた。「おじさんを悲しませたり、がっかりさせるんじゃないかって、心配なんじゃない？」

おじさんがこわいだって？　あんなにやさしいのに！　ぼくは首をふった。

ある日、シャスティーンは引き出しからボードゲームを取りだすと、ラマダンとぼくと三人でやらないか、といった。ラマダンを見ると、うなずいたから、ラマダンのためにだけつきあってやることにした。サイコロをふって、異《こと》なる色の三角のコマを、丸い小さなマス目の上で動かしていくゲームだった。フィーアっていうんだ、とラマダンが教えてくれた。

「昼間は何をしているの、ラミッツ？」シャスティーンがきいた。

おねしょのシーツを洗《あら》ってるって、いってやろうかと思ったけど、ぼくは何もいわなかった。

「サッカーは好き？」シャスティーンが、またきいた。「サイクリングは？」

ぼくは、答えられなかった。

毎週、火曜日と木曜日に、おじさんはぼくをカウンセリングに連れていった。そこでフィーアやパズルをしたり、絵の具や木炭で絵をかいたりした。

「好きな色で、思いついたものをかいてみて！」

ぼくは、だまってシャスティーンを見た。手も動かなくなったのが分からないのか？　すると、シャスティーンは、粘土《ねんど》で何かつくってみて、といった。だけど、手が動かないんだ！　舌《した》が動かないみたいに！　こんな汚《きたな》いかたまり、どうやって動かせっていうんだ？　ぼくは、粘土《ねんど》を床《ゆか》に投げつけた。シャスティーンがひろって、テーブルの上に置いた。ぼくは、また床《ゆか》に投げつけた。シャスティーンがひろい、ぼくは、また投げつけた。そんなことをくり返しているうちに、とうとう、ぼくは笑いだした。それから、泣きだした。シャスティーンは、ぼくの髪《かみ》をそっとなでた。

父さん、父さんに会いたい！

第7章
隠《かく》れ家《が》

ラクスオーの町

ノルシェーピングに来て数か月がたったころ、移民局《いみんきょく》から、ラクスオーに移《うつ》るよう通達があった。審査官《しんさかん》たちは、ぼくがしゃべらなくなったのは、母さんにそうするようにいわれたからだと思いこんだんだ。姉さんがベッドに横になったまま、何も食べようとしないのも、母さんのせいだっていいだした。

「アネータがうつ病になったのは、あなたの気落ちが原因《げんいん》です」移民局《いみんきょく》の役人は、母さんにいった。

「夕飯は与《あた》えているんですか？　それとも、夜だれも見ていないところで、こっそり食べているんですか？」

役人たちは、母さんが、姉さんに睡眠薬《すいみんやく》を飲ませているんじゃないかとうたがったんだ。

母さんの友だちの一人は、睡眠薬《すいみんやく》を飲ませているって証拠《しょうこ》を挙げられたら、母さんは監獄《かんごく》に入れられてしまうといった。カウンセラーがやってきて、姉さんの足をつねって反応《はんのう》があるかどうか調べた。何度つねられても、姉さんは、「いたい」ともいわなかったし、つねられていると感じているのかどうかも、分からなかった。

住む場所が変われば、また食べたり、痛《いた》みを感じたりするようになるだろう、というのが移民局《いみんきょく》の考えだった。

ぼくは、姉さんに腹《はら》が立ってきた。どうしてしゃべらないんだ？　でも、ぼくだって、やっぱりしゃべらなかった。

ある日、移民局《いみんきょく》から審査官《しんさかん》が二人やってきて、ぼくたちをラクスオーへ連れていくといいだした。荷づくりはすんでいますかって？　そんなのしているわけがないし、弟たちだって、まだ学校だ。

「準備《じゅんび》ができるまで、ここで待っています」審査官《しんさかん》たちはそういうと、ぼくに、弟たちを迎《むか》えにいくようにといった。

ぼくたちは、いわれた通りにした。ぼくは、アーサンとシェンデルとイェバートを迎《むか》えにいってから、だまって荷づくりをした。

ラクスオーって、どこにあるんだろう？　とにかく、スウェーデンだといいけど。たった数時間、車に乗っただけで、ラクスオーに着いた。審査官《しんさかん》たちは、かばんを運び入れるのを手伝うと、ぼくたちを残してノルシェーピングへもどっていった。

ぼくたちは、あたりを見まわした。いったいどこに連れてこられたんだろう？　ごみすて場？　スラム街？　アパートの床《ゆか》は汚《きたな》くて、家具はこわれていた。バルコニーのドアはちゃんと閉《し》まらないし、台所には、汚《よご》れたままのなべがつっこんであった。母さんはおじさんに電話して、状況《じょうきょう》を説明した。

「すぐ迎《むか》えにいくよ」おじさんはそういうと、数時間後に来てくれた。

ぼくたちはおじさんの車に乗りこんで、ノルシェーピングにもどった。

おじさんは、ぼくたちの担当《たんとう》の審査官《しんさかん》に電話した。どうしたらいいんだろう？　おじさんの家に何週間もおいてもらうことはできない。窮屈《きゅうくつ》になりすぎてしまう。おじさんは台所のテーブルについて、ひっきりなしに電話をかけていた。ぼくたちを助けてくれる人なんて、いるんだろうか？

隠《かく》れ家《が》

おじさんはあきらめず、とうとう、ノルシェーピングにアパートを見つけてくれた。おじさんの家からそんなに離《はな》れていないし、とにかくノルシェーピングにもどってこられて、ほっとした。おじさんに気分転換《てんかん》をした方がいいといわれて、ぼくはときどき、何日間か、おじさんの家に泊《と》めてもらった。週に二回、おじさんは、ぼくをカウンセリングに連れていって、口をきかせようとした。でも、うまくいかなかった。

ある朝、おじさんの家で目をさますと、興奮《こうふん》したように電話で話す声がきこえた。おじさんが、母さんと話しているみたいだった。

「警察《けいさつ》だって？　いう通りにしちゃだめだ！　あの子はかくまっておく。すぐに荷づくりをするんだ！　早く！」

おじさんの言葉しか聞こえなかったけど、ぼくはぞっとした。警察《けいさつ》が何しにきたんだろう？　それに「あの子」ってだれだ？　おじさんが話し終わって、ようやく分かった。「あの子」っていうのは、ぼくのことだったんだ。

「すぐに着がえなさい」おじさんはいった。「きみはこれから、家内の親戚《しんせき》のところで暮《く》らすんだ。みんな、いい人たちだよ」

おじさんは、猛《もう》スピードで車をとばしながら、ずっと携帯《けいたい》電話で話していた。あせって、イライラしているみたいだった。奥《おく》さんの親戚《しんせき》の家にぼくをあずけると、すぐに引き返していった。ぼくは落ち着かなかった。居間《いま》のソファにすわって、テレビを見ていた。だれにも話しかけられなくて助かった。一家の子どもたちは学校に行っているみたいで、両親は声を荒《あら》げて、何かいい合いながら、ずっと携帯《けいたい》電話で話していた。

ものすごく長い時間がたったような気がしていると、玄関《げんかん》のドアがあく音がして、数人の声が聞こえた。一人は、母さんの声だ！　玄関《げんかん》にとんでいくと、ぼくの家族が全員（もちろん、父さんはいないけど）、勢《せい》ぞろいしていた。おじさんがみんなを連れてきてくれたんだ。もっといい隠《かく》れ場所が見つかるまで、何日間か、ここにいさせてもらえることになった。

大人たちの話では、ぼくたちのスウェーデンでの永住許可《えいじゅうきょか》の申請《しんせい》が却下《きゃっか》されたらしかった。警察《けいさつ》が、ぼくたち一家をドイツに送り返しにやってきた。それで、隠《かく》れなくちゃならなくなったんだ。

知らない人の家にかくまってもらうのは、気が重かった。おじさんの奥《おく》さんの親戚《しんせき》は親切にしてくれて、子どもたちも、弟たちといっしょに遊んでくれた。でも、ぼくはそっとしておいてほしかった。姉さんもそうだったと思う。赤十字協会のおばさんたちからもらったブランケットをかぶって、居間《いま》のソファに横になっていた。ぼくは、テレビを見ていた。

そんなふうにして、日が過ぎていった。

ある晩《ばん》、それまでとちがうことが起きた。おじさんがスウェーデン人の女の人を二人連れてやってきた。きみたちは、もうここにはいられない、何人かに目撃《もくげき》されてしまって、警察《けいさつ》に通報《つうほう》されるかもしれない、とおじさんはいった。だからこの女の人たちが、もっと安全な場所にかくまってくれるんだ。ぼくたちは、二人について、隠《かく》れ家《が》に向かうことになった。

母さんは、泣きだした。

ぼくが上着を着ると、弟たちも同じように上着を着た。イェバートはぼくの手をにぎりしめ、おじさんは姉さんを抱《だ》きかかえた。ぼくたちは、かばんや荷物を持って外に出た。真っ暗で、こわかった。おじさんは、ぼくたちを落ち着かせようとした。イェーテボリの町の牧師《ぼくし》に連絡《れんらく》して、きみたちを助けてくれるように頼《たの》んである、といった。

「牧師《ぼくし》には、守秘義務《しゅひぎむ》がある」おじさんはいった。「だれにも秘密《ひみつ》をもらしちゃいけないんだ、たとえ警察《けいさつ》にだって」

スウェーデン人の二人の女の人を紹介《しょうかい》してくれたのも、イェーテボリの牧師《ぼくし》だった。

「安心して、彼《かれ》らについていきなさい」おじさんが、力強くいった。「でも、わたしはここに残るよ、あやしまれるとまずいからね。さあ、急いで」

ぼくたちは、すばやく二手に分かれた。ぼくとアーサンとシェンデルとイェバートが同じ車に乗って、母さんは、姉さんといっしょにもう一台の車に乗った。助手席にすわっていたぼくは、女の人が、年のわりにスピードを出していることに気がついた。その女の人は名前をシーブといい、ドイツ語ができた。

「わたしたちの国はめぐまれてるわ。人助けをする余裕《よゆう》はあるのよ。それなのに、子どものいる家族を望んでもいない国に送り返すなんて、まったくふざけんじゃないわ」

おばあさんがこんな言葉を使うなんて、ぼくも弟たちもきいたことがなかった。ぼくたちは顔を見あわせ、それからシーブを見た。シーブも気づいて、笑いだした。

「怒《おこ》りっぽい性分《しょうぶん》なの。おばあさんだって、けんかくらいするわよ」

イェバートはシーブに、何歳《なんさい》なの、とたずねた。八十二歳《さい》だって！　そんなに年とっているのに、レーサー並《な》みに車もとばすし、とんでもない言葉も使うんだ！

隠《かく》れ家《が》のアパートに着くと、シーブたちは、何度もあたりをうかがった。ぼくたちは車の中にすわったまま、ライトを消して、通りにだれもいなくなるまで待った。それから、音を立てずにアパートの入り口へと急いだ。母さんともう一人の女の人が姉さんを抱《かか》え、ぼくは弟たちの手をひいた。エレベーターで四階に上がる間も、一言も口をきいてはいけなかった。隠《かく》れ家《が》は四階にあった。

ふつうの部屋となんら変わらなくて、どこの家にもあるような家具が、きちんとならべられていた。ただ、カーテンが全部閉まっているところだけは、ふつうとちょっとちがっていた。女の人たちは部屋の中を案内すると、くちびるに人さし指を当てて、物音を立てないように合図した。それから、明日また来ると約束して、帰っていった。

二人は約束を守った。それから三か月の間、毎日、食べ物やいろんなものを届《とど》けてくれた。アーサンとシェンデルには教科書を持ってきてくれて、イェバートとは、レゴで遊んでくれた。母さんの話し相手になって、いっしょにコーヒーを飲んだり、ぼくにマンガをくれたり、姉さんの肩《かた》や背中《せなか》にラベンダーオイルを塗《ぬ》って、マッサージをしてくれたりもした。アパートの人たちは、ここを事務所《じむしょ》か何かだと思っているみたいで、うたがわれることもなかった。

三か月後、おじさんが、ぼくたちをイェーテボリの移民局《いみんきょく》に連れていった。おじさんは、医者とカウンセラーに書いてもらった、ぼくたちの新しい診断書《しんだんしょ》を持ってきて、尋問《じんもん》の間、ずっとそばにいてくれた。

二日後に、強制送還《きょうせいそうかん》取り消しの知らせがきた。ぼくたちは、ふたたび「審査《しんさ》」がすむまで、スウェーデンにいられることになったんだ。その間、ボロースという町に住むことになった。ぼくたちは、小型バスで町へ向かった。

同じ質問《しつもん》

ボロースのアパートは、清潔《せいけつ》ですてきだった。床《ゆか》にはじゅうたんがしいてあって、ひじかけいすにすわっても、背中《せなか》にバネが当たったりしなかった。ぼくたちは荷ほどきをして、テレビをつけた。母さんは、おじさんに送ってもらった食べ物をあたためた。ぼくは、姉さんに少し食べさせようとした。

今、ぼくたちはボロースにいる。とにかく、スウェーデンにいるんだ。そのうち、どうにかなるかもしれない。

数か月がたって、新しい審査官《しんさかん》と通訳者《つうやくしゃ》がやってきて、また同じ質問《しつもん》がはじまった。

「どうやってスウェーデンに来ましたか？　運転手の名前は？　いくら支払《しはら》いましたか？　お父さんと連絡《れんらく》は取れましたか？　お父さんがどこにいるか、ご存知《ぞんじ》ですか？」

ぼくは答えなかったし、姉さんも答えなかった。母さんはため息をついて、くり返した。

「分かりません。分かりません。分かりません」

アーサンとシェンデルとイェバートは、新しい学校に通いだした。ぼくは、学校には行かずに、家でテレビを見ていた。姉さんは、ブランケットにくるまって、ベッドに横になっていた。テレビを見ようともしなかった。

ある日、審査官《しんさかん》と通訳者《つうやくしゃ》が、何の連絡《れんらく》もなしにいきなりやってきて、ぼくたちは驚《おどろ》いた。弟たちは、台所で母さんと朝ごはんを食べていた。ぼくは居間《いま》でテレビを見ていて、姉さんはいつものように、かべを向いてベッドに横になっていた。

「ちょっと来て」通訳者《つうやくしゃ》がぼくにいった。「審査官《しんさかん》から、いい知らせがあるんだ。アネータのまわりに、みんな集まって」

審査官《しんさかん》はコートを脱《ぬ》ぐのも忘《わす》れて、ほおをシャクヤクの花みたいに真っ赤にしていた。母さんとぼくと弟たちは、いわれた通り、姉さんのベッドのまわりにすわった。審《しん》査官《さかん》と通訳者《つうやくしゃ》は、ベッドのはしに腰《こし》かけた。

「いい知らせって、何ですか？」母さんが、いぶかしそうにきいた。

審査官《しんさかん》は落ち着こうとしたけど、どう見ても火がつきそうなくらい興奮《こうふん》していた。

「あなたたちがどこにいるか知りたがってる人と、連絡《れんらく》がついたの」

審査官《しんさかん》はひと息おくと、ぼくたちを見た。

「お父さんよ。ボロースにいるのよ」

母さんが悲鳴をあげた。ぼくたちは目を見張《みは》った。父さんが？　スウェーデンにいる？　ここ、ボロースに？

ぼくたちは通訳者《つうやくしゃ》を見た。聞きまちがいってことはないよな？　通訳者《つうやくしゃ》はうなずいた。

審査官《しんさかん》は話を続けた。

「そう、お父さんはここに来てるのよ。あなたたちの居場所《いばしょ》を教えてもいい？　お父さんに電話してもいい？」

審査官《しんさかん》は携帯《けいたい》電話を取りだすと、スピーカーをオンにした。何回か通話音が鳴った後、もしもし、という声がきこえた。

父さんの声だった。

審査官《しんさかん》が携帯《けいたい》電話を母さんにわたしたけど、母さんは泣いているばかりだった。ぼくはもちろんしゃべれないし、かわりにアーサンが出た。アーサンは「もしもし」といったけど、父さんに「どなたですか」ときかれて、名乗ることができなかった。アーサンが携帯《けいたい》電話をシェンデルにわたすと、シェンデルは審査官《しんさかん》にわたした。結局、父さんと話すことになったのは、審査官《しんさかん》だった。ぼくたち全員、心的外傷後《しんてきがいしょうご》ストレス障害《しょうがい》にかかってしまったみたいだった。イエバートのほかは。この一番下の弟には、いつもびっくりさせられる。イエバートは、審査官《しんさかん》が父さんと話している間、ずっとだまってすわっていた。でも、ぱっと立ちあがると、父さんと話したいっていったんだ。

「もしもし、お父さん」イエバートは、はっきりとした声でいった。「元気？　お父さんがいなくて、みんな、さびしいよ」

父さんが答えるまで、しばらくかかった。父さんの声は、かすれていた。

「イエバート、ああ、おまえなのかい。父さんは、すぐに行くよ。みんなによろしく伝えておくれ」

死んだ父さん？

三十分もたたないうちに、玄関《げんかん》の呼《よ》び鈴《りん》が鳴った。ぼくは、急いでドアをあけた。のぞき穴《あな》をのぞいたりしなくてよかった。のぞいていたら、きっと、あけることはできなかった。目の前に立っているのは、ほんとうに父さんなんだろうか？

その男の人は、年とってやせこけていて、だぶだぶのズボンと、みっともない上着を着て、ごつごつした長ぐつをはいていた。ぼくの父さんは、かっこよくて若々《わかわか》しくて、仕事のときでも、きちんとした格好《かっこう》をしていた。でも、やっぱり、この人は確《たし》かに父さんだって分かった。

ぼくは父さんを抱《だ》きしめた。母さんも弟たちも、父さんを抱《だ》きしめた。父さんは、ぼくたちを抱《だ》きしめようとしたけど、ぼくたち五人がいっぺんに抱《だ》きついたから、腕《うで》が届《とど》かなかった。

「いったい何があったの？　今までどうしてたの？」

ききたいことはたくさんあったけど、父さんの方が早かった。父さんは、ぼくたちをじっと見つめると、いった。

「アネータはどこだい？」

ぼくたちは父さんの手をひいて、姉さんのベッドに連れていった。

「病気なのか？　どうして寝《ね》ているんだ？」

だれも答えられなかった。心的外傷後《しんてきがいしょうご》ストレス障害《しょうがい》が、ぼくたちの言葉で何ていうのか分からなかったし、そもそも、ぼくはしゃべれない。母さんは泣きだした。答えたのは、今度もイェバートだった。

「お姉ちゃんは、お父さんにずっと会いたがってたんだよ。お父さんが、もう死んじゃったと思ってたんだ」

ぼくたちは、イェバートを見つめた。何でそんなことがいえるんだ？　いったい、どこから思いついたんだ？　そんなおそろしいこと、ぼくたちのだれも口にしたことなんかない。死んだなんて。父さんが死んだなんて。ぼくはぞっとして、思わずイェバートを殴《なぐ》りそうになった。

「ラミッツは、しゃべれなくなっちゃったんだ」イェバートが、またいった。

今度はみんながぼくを見た。父さんがたずねた。

「ほんとうなのか、ラミッツ？」

ぼくは床《ゆか》に目を落とした。

父さんは、ベッドのはしに腰《こし》をおろして、姉さんに話しかけた。

「父さんはもどって来たぞ。もう、けっしておまえたちから離《はな》れたりしない」父さんの声は、おだやかだった。

「アネータ、おまえは、クラスで一番計算が得意で、父さんの自慢《じまん》だったな。もう、心配することはないぞ。父さんがずっといっしょだ。おまえはまた学校に通って、医者か美容師《びようし》か……メーキャップアーティストになるんだろう？」

父さんは、英語があんまりうまくなくて、「メー・カップ・アーテスト」って、おかしな発音になった。すると姉さんが頭を動かして、父さんを見たんだ。姉さんが目をあけた！　口も少し動いた。それから、また目を閉《と》じて、かべの方を向いてしまった。でも、ちゃんと両目をあけて、父さんが生きているのを自分で確《たし》かめたんだ。

食事のしたくがととのうと、母さんはおじさんに電話した。数時間後には、ぼくたちのアパートは、友だちや親戚《しんせき》でいっぱいになった。みんな、父さんに何があったのか、ききたがった。

父さんを連れていったのは、どんなやつらだったのか？　森に連れていかれたのか、収容所《しゅうようじょ》に入れられたのか？　危害《きがい》を加えられたのか？　ロマ人は他にもいたのか？　つかまった親戚《しんせき》は？　殺された人はいたのか？

父さんは、答えようとしなかった。

「後で話します」そういって、イェバートを見た。「今、こうして家族といっしょにいられる、それが一番ですよ」

「でも、父さん、どうやってここまで来られたの？」ぼくはきいた。（読みまちがいなんかじゃないよ、このセリフをいったのは、ぼくなんだ。）自分でもびっくりした。

イェバートが、ぼくの首に飛びついた。

「ラミッツ、しゃべれるようになったんだね！　もっと何かいって！　ねえ、いってよ！」

ぼくは、とうとう、イェバートを殴《なぐ》りつけた。父さんは、泣きだしたイェバートをなだめると、ぼくのあごをつかんで、ぐいと持ちあげた。ぼくは、父さんの目を見るしかなくなった。

「よし、話してやろう、ラミッツ」父さんはいった。「おまえがききたいっていうんならな」

戦争でものをいうのは、武器《ぶき》と金《かね》

父さんは、収容所《しゅうようじょ》にいたんだと話した。収容所《しゅうようじょ》にいたのは男たちばかりで、みんな、捕虜《ほりょ》だった。寒いバラック小屋のかたい木の板の上で眠《ねむ》り、与《あた》えられる食べ物は、とても口にできるようなものじゃなかった。バラック小屋のまわりには、有刺鉄線《ゆうしてっせん》が高く張《は》りめぐらされていた。

「ナチスの強制収容所《きょうせいしゅうようじょ》みたいだった」父さんはいった。

ぼくは、ドイツの学校の、歴史の教科書で見た写真のことを思いうかべて、ぞっとした。縞《しま》の囚人服《しゅうじんふく》を着た、たくさんの死体を思いだした。

「何もかも、めちゃくちゃだった」父さんはため息をつくと、どうやって逃《に》げだして、おじいちゃんとおばあちゃんの町へもどろうとしたか、話してくれた。いつ何時《なんどき》、だれにつかまるか分からない。兵士も山賊《さんぞく》も、セルビア人もアルバニア人も、民衆《みんしゅう》を撃《う》ち殺して報酬《ほうしゅう》をもらう外国兵も、みんな危険《きけん》だった。

「日中は森に隠《かく》れて、夜の間は溝《みぞ》の中にひそんでいたんだ」父さんはいった。

木の実やきのこを食べ、川の水を飲んで命をつないだ。森の中に人の足跡《あしあと》を見つけることもあったけど、他の脱走者《だっそうしゃ》たちのものか、兵士のものかも分からなかったし、だれかと接触《せっしょく》するには、じゅうぶん注意が必要だった。

ようやく、おじいちゃんとおばあちゃんの家にたどりつくと、二人ともよろこんだけど、一方でおそろしくなった。

「どうしたらいいだろう？　こんなちっぽけな家に、あんたをどうやってかくまったらいい？」

ここにもどって来るまでに、ほんとうにだれにも姿《すがた》を見られなかっただろうか？　子ども一人にも？　もし、父さんをかくまっているって少しでもうたがわれたら、三人とも終わりだ。

「もう、だれも信用できないんだ」おじいちゃんが、悲しそうにいった。

「まだこのあたりに残ってる、ロマでさえね」おばあちゃんがつけ加えた。「兵士たちに加担《かたん》してるかもしれない」

結局、父さんは戸だなの中に隠《かく》れることになった。じゃがいもの袋《ふくろ》の後ろにうずくまって、家の外がすっかり暗く、しずまり返ったときだけ、出ることができた。

「ここにいちゃいけない」おじいちゃんとおばあちゃんはくり返した。おじいちゃんはいった。

「戦争では、みんな、おかしくなってしまうんだ」

おじいちゃんとおばあちゃんは、また亡命《ぼうめい》の計画を立てはじめた。父さんをできるだけ遠くへ、できればスウェーデンへ逃《に》がすんだ。おばあちゃんはふたたびお金を集め、おじいちゃんは、亡命《ぼうめい》を請《う》け負《お》う業者を探《さが》さなくちゃならなかった。おじいちゃんは、ぼくたちをスウェーデンへ運んだ、トルコ人の運転手を探《さが》しだした。ところが、運転手は金額《きんがく》をさらにつりあげた。

「亡命《ぼうめい》は、ますます危険《きけん》になってる」運転手はいった。「警察《けいさつ》だけじゃない、武器《ぶき》の密売人《ばいにん》みたいな、あぶない輩《やから》につかまることだってあるんだ。みんな、金《かね》に飢《う》えてるからな。戦争でものをいうのは、武器《ぶき》と金《かね》だ」

おばあちゃんは、お金を集めるためにできるかぎりのことをした。百年以上も代々受けつがれてきた純金《じゅんきん》のイヤリングも売った。食器もいくらか売ったけど、たいしたお金にはならなかった。とうとう、近所の人たちからもお金を借りはじめた。おじいちゃんも、得意先のアルバニア人からお金を貸《か》してもらった。そうして、どうにか数千クローナが集まった。

亡命《ぼうめい》の交渉《こうしょう》は成立したけど、運転手は、亡命者《ぼうめいしゃ》が少なくともあと二人は集まらないと出発しない、といった。父さん一人分のお金だけで、命を危険《きけん》にさらす気はなかったんだ。

数週間後、準備《じゅんび》はすべてととのい、支払《しはら》いもすんだ。それから先は、あっという間だった。真夜中に、父さんは、迎《むか》えにきたワゴン車に乗りこんだ。父さんと他の三人の亡命者《ぼうめいしゃ》を乗せたワゴン車は、ライトをつけずに暗やみの中を走っていった。そのあとは、ぼくたちのときとほとんど同じだった。昼も夜も段《だん》ボール箱の後ろに隠《かく》れて、スウェーデンのマルメで降《お》ろされたんだ、ぼくたちのように。

「そうして、やっとおまえたちのところに来られたんだ」父さんはいった。

「そうして、やっとどうにかなったたね」イェバートがいった。

第8章

どうにかなる?

善《よ》い人？

イェバートの言葉には、どきっとさせられることが多いけど、いつも正しいってわけじゃない。実際《じっさい》、ぼくたち一家には、どうにもならないことが山ほどあった。スウェーデンにとどまれるかも分からないし、姉さんはあいかわらず、かべを向いて横になってるし、ぼくの舌《した》は麻痺《まひ》したまま、動かなかった。

それでも、父さんがもどってから、少しずつ変わってきた。姉さんが、少し動けるようになったんだ。だれにも見られてないって思っているときだけだけど。頭をちょっと動かしてる。父さんがちゃんといるかどうか、気にしてるんだ。

ぼくも、ときどきはしゃべれるようになった。でも、父さんとだけだ。

「また、同じことになるの？」ぼくは、父さんにきいた。「ドイツに送り返されて、それからコソボに返されるの？」

「それは分からないよ」父さんはいった。「ただ、分かってるのは、もう絶対《ぜったい》に離《はな》ればなれになったりしないってことさ」

そんなこと、どうして分かるんだろう？

ぼくが父さんのいうことを信じていないのが分かると、父さんはぼくを元気づけようとして、助けになってくれる女の人と知り合いになったんだ、といった。マリアといって、善《よ》い人だそうだ。

その善《よ》い人に、いったいどれだけの力があるんだろう？

何週間かたって、「善《よ》い人マリア」がやってきた。力がありそうなどころか、年老いたばあさんにしか見えなかった。マリアは、スペイン出身だけど、ドイツ語で話してくれた。他に、スペイン語、イタリア語、フランス語、スウェーデン語も話せるときいて驚《おどろ》いた。おまけに親切だっていうのも分かってきた。父さんがボロースにいるぼくたちのところにやって来られたのは、マリアのおかげだったんだ。

父さんの亡命《ぼうめい》の話には、びっくりするような続きがあった。

マルメに着いた父さんは、母さんと同じように移民局《いみんきょく》で指紋《しもん》をとられた。役人の一人が、父さんの指紋《しもん》をコンピュータで調べて、すでに登録されていたバイラム・ラマダニという人物の指紋《しもん》とそっくり同じだって気がついたんだ！

バイラム・ラマダニはコソボ出身で、五人の子どもがいて、十三年間、ドイツに住んでいたことがある。ドイツでは、赤十字協会で働いていた。このことが何か関係しているのか？　パスポートに書かれているセルビア人の名前とは、全然一致《いっち》しない。身分をいつわってるんじゃないか？　役人は不審《ふしん》がった。

もし、指紋《しもん》によって父さんのほんとうの身分が証明《しょうめい》されれば、父さんは、ただちにドイツへ送り返されることになる。じゅうぶん調査《ちょうさ》が必要だった。

父さんは車に乗せられ、難民宿舎《なんみんしゅくしゃ》にある密室《みっしつ》へ連れていかれた。とびらにはかぎがかけられ、まるで監獄《かんごく》みたいだった。脱出《だっしゅつ》は不可能《ふかのう》だ。ここで暮《く》らす人たちは、面会が禁《きん》止《し》されていて、週に一度、教会の関係者がやってくるだけだった。牧師《ぼくし》とか奉仕員《ほうしいん》とか、許可《きょか》された人だけが、せまい談話室の中で難民《なんみん》たちと話ができた。父さんが談話室に行くと、そこにマリアがいた。

父さんがこれまでのいきさつを話すと、マリアは話を信じてくれた。マリアには、難《なん》民《みん》の支援《しえん》をしている弁護士《べんごし》の知り合いが数人いて、父さんは、彼《かれ》らのおかげで解放《かいほう》されることができた。でも、身分をいつわったことで移民局《いみんきょく》からまだうたがわれていて、国外に逃亡《とうぼう》できないよう、セルビア人の偽造《ぎぞう》パスポートは没収《ぼっしゅう》されてしまった。

父さんが話している間、だまってすわっていたマリアは、話が終わるといった。

「もう一度、弁護士《べんごし》たちに連絡《れんらく》するわ。あなたたちのスウェーデンの永住許可《えいじゅうきょか》を取らないと。戦争をしている国や、死の危険《きけん》のあるところに送り返されるなんて、あってはならないことよ。国連憲章《けんしょう》に反するわ」

国連憲章《けんしょう》のことも、弁護士《べんごし》のことも、ぼくには、よく分からない……。弁護士《べんごし》なんて、だいじょうぶだろうか。ドイツの赤十字協会のおばさんたちは、弁護士《べんごし》に助けてもらおうとして失敗したし、今回もうまくいくとは思えなかった。

父さんも、ためらっているみたいだった。

「その弁護士《べんごし》たちは、ほんとうに信用できるんですか？」

答えるかわりに、マリアは続けた。

「残念だけど、あなたたちを陥《おとしい》れようとしている人物がいるの。移民局《いみんきょく》に手紙を送りつけて、あなたたちがお金や車を持っているとか、ずっとドイツに住んでいて裕福《ゆうふく》だとか、犯罪者《はんざいしゃ》だとか、アネータが病気のふりをしているだけだとか、通報《つうほう》している人物が。おまけに母親がアネータに、食事のかわりに睡眠薬《すいみんやく》を飲ませているとまでいってい
るのよ」

「そんな手紙、いったい、だれが書いたんですか」父さんがきいた。

「分からないの」マリアはいった。

部屋じゅうがしずまり返った。どういうことだ？　匿名《とくめい》の手紙？　だれが？　何のために？

マリアがなぐさめるようにいった。

「そんなことをするのは、卑劣《ひれつ》な人間よ。でも、真実はうそより強いし、善《ぜん》は悪にもまさるって、わたしは信じてる」

まいったな。マリアは確《たし》かに善《よ》い人だけど、しょせんは年寄《としよ》りのばあさんだ。何も分かっちゃいない。悪は、思ったよりも強いんだ。

数週間後、マリアがまたやってきた。今回はマリアだけじゃなく、六人もいっしょ

だった！

全員が自己紹介《じこしょうかい》をした。弁護士《べんごし》、医者、看護師《かんごし》、カウンセラー、通訳者《つうやくしゃ》、移民局《いみんきょく》の審査官《しんさかん》。居間《いま》のテーブルは、すっかり窮屈《きゅうくつ》になった。母さんがお茶を入れて、父さんはぼくたちにテレビを見ているようにいった。

ぼくたちはいわれた通り、テレビの前にすわった。目はテレビの料理番組の方を向いていたけど、耳はテーブルからきこえてくる話だけに集中していた。

「さあ、はっきりさせましょう！」マリアが、きっぱりといった。「書類はすべてテーブルの上に出してください！　はじめから、きちんと審査《しんさ》をやり直すんです！」

審査官《しんさかん》がかばんをあけて、書類のたばを取りだした。その中に匿名《とくめい》の手紙が入っていた、二十七通も！

審査官《しんさかん》が一通ずつ読み上げて、通訳者《つうやくしゃ》が説明した。マリアが話した通りのことが、みんな書いてあった。

だれも、何もいわなかった。でも、考えていることは、きっと同じだった。だれが、こんなひどい手紙を書いたんだ？　ぼくたちのことをよく知っている人物なのはまちがいない。ぼくたちを陥《おとしい》れようとしているだれかが。

手紙がひと通り読みあげられると、マリアが父さんを見た。

「今度は、あなたが話す番よ」

父さんは、ぼくたちがドイツに住んでいたことや、ドイツにとどまれなくなったことを話した。戦争のこと、つかまったときのこと、収容所《しゅうようじょ》のこと、偽造《ぎぞう》パスポートのこと、亡命《ぼうめい》のこと。起こったことすべてを、ありのまま話した。

医者は、姉さんが病気のふりをしているんじゃなく、ほんとうに病気なんだ、と証明《しょうめい》した。カウンセラーは、ぼくが父さんのいない間、責任《せきにん》を抱《かか》えこみすぎて、不安をおさえこんでしまったんだといった。ぼくがしゃべれなくなったのは、そのせいだったんだ。

数時間後、七人は全員帰っていった。

みんながいっぺんにいなくなると、残ったぼくたち七人は、すっかりくたびれてしまった。これからどうなるんだろう？　父さんがほんとうのことを話してしまった今、ぼくたちは、ドイツに送り返されるんだろうか？　父さんはノルシェーピングに電話して、おじさんと話した。おじさんにも、どうなるかは分からなくて、何も助言できなかった。

「なるようになるさ」おじさんはいった。

八通の茶色い封筒《ふうとう》

それから一か月近くたったある朝、朝ごはんを食べていると、郵便《ゆうびん》受けから手紙が床《ゆか》に落ちる、パサッという音がした。見にいってみると、玄関《げんかん》マットの上に、一通の茶色い封筒《ふうとう》が落ちていた。父さんはマリアに電話した。

「ちょっと来てもらえませんか！」

マリアはすぐ来るといったけど、その前に封筒《ふうとう》をあけて、手紙をできるだけはっきり読みあげてくれないか、と父さんにいった。父さんは、大きな声でたくさんのスウェーデン語を読みあげた。ぼくたちのだれにも、何が書いてあるのか、さっぱり分からなかったけど、マリアは、郵便局《ゆうびんきょく》に行って、ぼくたち宛《あ》ての手紙をみんなもらってくるように、といった。

父さんは、すぐに出かけていき、もどってくると、またマリアに電話した。

「何通あった？」マリアがきいた。

「八通です」父さんはいった。七通の封筒《ふうとう》には手紙が三枚《まい》ずつ入っていて、八通目には、ぼくたちのIDカードが入っていた。

「あなたの名前が書いてある手紙の、一枚目《まいめ》のはじめの部分を読んでみて」マリアが勇気づけるようにいった。

父さんは声に出して読んだ。父さんはスウェーデン語がよく分からないから、何だかおかしな感じにきこえた。

「在留許可《ざいりゅうきょか》について、何か書かれているかどうか分からない？」マリアがきいた。

父さんは、わけの分からない言葉を読みあげ続けた。「ざ・い・りゅ・う・し・か・く・A・の・F・よ・ん・じょ・う・だ・い・いっ・こ・う・な・ん・み・ん・に・ん・て・い・ほ・う・の・き・て・い・に・も・と・づ・き・こ・の・も・の・を・な・ん・み・ん・と・み・と・め・え・い・じゅ・う・を・きょ・か・す・る・こ・の・けっ・て・

い・に・た・い・す・る・い・ぎ・の・も・う・し・で・は・ふ・か・で・あ・る」

「おめでとう！」マリアがさけんだ。「あなたたち、ずっとスウェーデンにいられるのよ！」

「ちゃんと読めているかどうか見に来てください。お願いです！」

マリアはやって来ると、手紙を読んでドイツ語に訳《やく》してくれた。手紙は、ぼくたち全員に一通ずつあった。マリアもぼくたちも、全部をドイツ語にできたわけじゃないけど、これだけは確《たし》かだった。ぼくたちは、スウェーデンにいられるんだ。七人ともみんな。

とても信じられなかったけど、二か月後に、ぼくたちはベーネシュボリィっていう町に引っ越《こ》すことになった。その町も、ちゃんとスウェーデンにあったんだ。

ベーネシュボリィ

ベーネシュボリィは小さな町で、ベーネルン湖という大きな湖のそばにあった。町の中心にある建物は低くて、通りはせまかった。ぼくたちが引っ越《こ》してきたときには、もう冬になっていた。広場には、電飾《でんしょく》をたくさんつけた大きなクリスマスツリーが立てられ、店と店の間には色とりどりの飾《かざ》りがかけられた。ぼくたちのアパートの庭にも、管理人が、丸い小さな電飾《でんしょく》のついたツリーをかざった。町じゅうの窓《まど》という窓《まど》に、星の飾《かざ》りやろうそくがかがやいて、アパートの門にはリースが、家々のドアには、わらでつくったハートの飾《かざ》りがかけられた。何もかもがすてきだった。

新しいアパートも見つかって、審査官《しんさかん》やカウンセラー、ソーシャルワーカー、医者、通訳者《つうやくしゃ》も新しくなった。今度の審査官《しんさかん》は社会省の役人で、ぼくたちはもう、移民局《いみんきょく》の審《しん》査官《さかん》におびえなくてもよくなったんだ。永住許可《えいじゅうきょか》が取れたってことは、ずっとスウェーデンにいられるっていうことなんだ！　弟たちはまた学校に通いだして、放課後、いっしょにそりにのって遊ぶ友だちもできた。みんなは、ぼくも学校に通わなくちゃいけないとうるさくいった。でも、ぼくは行きたくなかった。父さんと母さんを、姉さんにかかりっきりにさせたくなかったんだ。

学校に行くのをいやがったら、また、カウンセリングに通うはめになった。今度のカウンセラーは、ギュードルンといった。週に二回、ギュードルンのところへ行って、パズルやボードゲームをしたり、絵をかいたり、シャスティーンのときと同じ質問《しつもん》をされたりした。

「将来《しょうらい》は何になりたい、ラミッツ？　何かしたいことは？　昨日は何をしたの？」

答えないでいると、ギュードルンはシャスティーンとまったく同じように、思っていることを絵にかいてみて、といった。ぼくはさっさと終わらせるためだけに、黒のクレヨンを取って、戦車やジープや銃《じゅう》を撃《う》っている兵士たちの絵をかいた。それから、赤のクレヨンで、絵を一面、血みたいにぬりたくった。次のカウンセリングのときには、五人の男たちが捕虜《ほりょ》をつかまえて、有刺鉄線《ゆうしてっせん》をはりめぐらした収容所《しゅうようじょ》に連行していく絵をかいた。ギュードルンは、何の絵なのかってきいたけど、ぼくはそういう質問《しつもん》には答えないんだ。

ベーネシュボリィに引っ越《こ》してきたのは、十二月だった。二月になると、父さんは、とうとうぼくを学校に通わせることにした。ソーシャルワーカーによれば、スウェーデンでは、子どもを学校に通わせる義務《ぎむ》があって、十四歳《さい》のぼくは学校に行かなくちゃいけないんだそうだ。ぼくは反対したけど、どうにもならなかった。はじめて学校に行く日は、父さんがいっしょについてきてくれることになった。

その日は月曜日で、朝起きると、頭とおなかが痛《いた》かった。父さんは気にもしないで、さっさと起きて着がえなさい、といった。

ぼくたちは、まず校長室へ行った。校長が待っていて、へたなドイツ語で話しかけてきた。父さんが答えて、ぼくはだまっていた。

それから、校長はぼくたちを教室へ案内した。最悪だ！　廊下《ろうか》を歩いていると、みんながぼくをじろじろ見た。ぼくはかっこ悪い服を着ていたし、ばかみたいに白い毛糸のぼうしなんかかぶってたんだ。髪《かみ》がつぶれてるにきまってる！　ぼくは、ポケットの中でこぶしをにぎりしめた。スウェーデン人のクソったれ、何をじろじろ見てるんだ！ぼくのことなんか、どうだっていいだろ！

きみは、準備《じゅんび》クラスでスウェーデン語を勉強するんだ、と校長が説明した。でも、そんなことはどうだってよかった、だってぼくはもう、十分スウェーデン語が分かるんだ。一日じゅうテレビを見て、何か月も過《す》ごしてたんだから。スウェーデン語はかなり覚えた。英語だって分かるようになってきた。

やっと廊下《ろうか》をぬけ、校長が教室のドアをあけた。中に入ると、校長はぼくをみんなに紹介《しょうかい》した。

「ラミッツくんだ。はやく学校になじめるよう、仲良くしてあげるように」

そういうと、校長は父さんといっしょに出ていった。

クラスには先生が二人いて、一人はスウェーデン人、もう一人はセルビア人だった。先生たちはぼくに、アリという子のとなりの空いている席にすわるように、といった。ぼくが今日来るってことを、みんな知っていたみたいだ。ラッキーなことに、ちょうど数学の授業中《じゅぎょうちゅう》だった。数学は好きな科目だ。ぼくは、教科書と計算ノートとけずった鉛《えん》筆《ぴつ》と消しゴムをもらった。

でも、計算をはじめる前に、先生が自己紹介《じこしょうかい》をするようにみんなにいった。クラスメートは十六人で、男子が八人、女子が八人。イラク、イラン、コンゴ、リトアニア、タイ、トルコ出身だった。そのほかにクルド人の女の子も一人、ロマ人の男の子も二人いて、そのうち一人はコソボ出身、もう一人はセルビア出身だった。

休み時間、ラウンジのいすにすわっていると、ロマ人の男の子たちがとなりにやってきた。二人はとても親切で、学校の中を案内する、といってくれた。ぼくたちは、図書室、食堂、トイレ、体育館、家庭科室、保健室《ほけんしつ》、相談室を見てまわった。二人は、学校にロマ人の男の子が四人いるってこうことも教えてくれて、昼休みには、その子たちを紹介《しょうかい》してくれた。

父さんは、約束どおり三時に迎《むか》えにやってきた。

「学校はどうだった？」父さんがきいた。「まあまあ」と答えると、父さんは満足そうな顔をした。

午後、しばらくして、ロマ人のクラスメートのファルディがやってきた。ファルディはぼくの家の近くに住んでいて、いっしょにスノーボードをやらないかって誘《さそ》いにきてくれたんだ。ファルディのぼうしも全然かっこよくなかった。

翌日《よくじつ》は、目がさめると、とても気分がよかった。もう、父さんについてきてもらわなくても、一人で学校へ行けた。

午後、学校から帰ると、父さんがプレゼントをくれた。スノーボードを買ってくれたんだ。

ベーネシュボリィの学校は、ほんとうによかった。友だちはみんなやさしくて、先生も親切だった。大好きなセルビア人のスベトラーナ先生は特にそうだった。いつもはげましてくれて、ぼくが毎日少しずつ、いろんなことをできるようになっていくのがうれしいっていってくれる。学校の支援員《しえんいん》として働いているアルベーンのことも好きだ。アルベーンは、ぼくたちロマ人の生徒の面倒《めんどう》を見てくれて、サッカーの試合や遠征《えんせい》の手配をしたり、映画《えいが》を見に連れていってくれたりすることもある。学校や家で困《こま》ったことがあると、助けてくれるんだ。

毎晩《まいばん》、ぼくと弟たちは、居間《いま》のテーブルでスウェーデン語を勉強した。父さんもいっしょに勉強した。父さんも、スウェーデン語の教室に通いだしたんだ。

「ドモアリガト。サヨナラ。ナニシマスカ？　ゲンキデスカ？　キョウ、ナニシマスカ？　アシタハ、ナニシマスカ？　イマ、ナンジデスカ？」

父さんの発音がおかしくて、ぼくたちは大笑いした。みんなで発音をまねてからかっても、父さんは気を悪くしたりしないで、笑って続けた。

「イクラデスカ？　ナマエハナンデスカ？　ワタシハ、バイラムデス。バーヤムデハ、アリマセン」

マリアが、ぼくたちの様子を見にやってきてくれた。イェーテボリから、はるばる電車で来てくれたんだ。

「もう、心配ないわね」マリアはそういうと、スペインに帰ろうと思っている、とうち明けた。修道女《しゅうどうじょ》になって、修道院《しゅうどういん》で暮《く》らすんだそうだ。もう年だし、故郷《こきょう》にもどりたいのよ、といった。ぼくたちは、いつかきっと会いに行くと約束をした。

春になると、母さんは姉さんをバルコニーに連れだした。姉さんを乗せる車いすが手に入ったんだ。姉さんは、頭をまっすぐ立てていられないから、車いすにはヘッドレストがついていた。

ぼくたちが姉さんを庭に連れだそうとすると、母さんは反対した。姉さんの将来《しょうらい》のことを考えなくちゃいけないっていうんだ。だれかに見られでもしたら、うわさになって、将来《しょうらい》、結婚《けっこん》できなくなってしまうかもしれない。

イエバートが姉さんにタンポポのわたげをつんできて、ふっとふくと、わたげは、いくつもの小さなパラシュートみたいになってとんでいった。姉さんがわたげを目で追いながら、イエバートにほほえみかけたのが分かった。

ある晩《ばん》、ぼくは、アーサンやシェンデルと居間《いま》のテーブルで宿題をしていて、数学の問題がどうしても解《と》けなかった。父さんも知恵《ちえ》を出してくれたけど、何度やってもやっぱり解《と》けない。そのとき、姉さんが頭をあげて、問題を見せて、といったんだ。

ぼくたちは、失神しそうになった。でも、もちろん、そんなそぶりは見せなかった。父さんがベッドのそばにテーブルをよせて、ぼくは、問題と鉛筆《えんぴつ》を姉さんに手わたした。姉さんは鉛筆《えんぴつ》を落としてしまったけど、手を支《ささ》えてあげると、計算をはじめて、問題を解《と》いたんだ。姉さんは、ほんとうに数学の天才だ。

それから毎晩《まいばん》、ぼくたちは、姉さんのそばにすわって数学の宿題をした。数週間たつと、姉さんは自分で鉛筆《えんぴつ》を持てるようになって、クッションを支《ささ》えにすれば、まっすぐすわっていられるようになった。母さんは、姉さんの髪《かみ》をとかしはじめた。髪《かみ》はもつれて、すっかり細くなっていた。母さんがどんなに気をつけてとかしても、髪《かみ》はごっそりぬけて、くしにからまった。

ぼくの十五歳《さい》の誕生日《たんじょうび》に、ぼくたちは、イェーテボリにでかけた。親戚《しんせき》に会いにいったんだ。姉さんは、少しずつよくなってきていた。前は、まずすわることができなくなって、それから立てなくなって、とうとう足がすっかりおとろえてしまった。それが今じゃ、リハビリをして、ほとんどふつうに動けるようになったんだ。もう、顔も青白くないし、髪《かみ》の毛も少し太くなったみたいだ。

ぼくたちはいとこに会うのが楽しみで、父さんが他にも何か計画していたなんて、思ってもみなかった。電車を降《お》りると、父さんは、まずリーセバリー遊園地に行こうといいだしたんだ！　スウェーデンで一番大きな遊園地！　これ以上ないくらいすてきな誕生日《たんじょうび》プレゼントだ。ぼくは、バイキングや大迫力《だいはくりょく》のジェットコースターや、いろんな乗り物にフラフラになるまでのりまくって、大満足だった。

誕生日《たんじょうび》の翌日《よくじつ》は、市場《いちば》に買い物に出かけた。母さんは、クリスタルのグラスと、カーテンにする布《ぬの》を買った。

「このきれいなグラスは、ガラスの食器棚《しょっきだな》にかざったらいいわね」母さんはいった。

「いろいろ買いそろえなくちゃ。また新しくやり直すんだから」

ぼくと弟たちは、新しい服とかっこいいサッカーシューズを買ってもらった。母さんは、姉さんにもワンピースを買ってあげようとしたけど、姉さんはパジャマがいいといってきかなかった。姉さんのことで、唯一困《ゆいいつこま》るのは、いつもパジャマを着ているってことだ。友だちを家によぶのが、ほんとうにはずかしいんだ、姉さんがパジャマ姿《すがた》でうろついてるんだから！　みんなにどう思われるだろう？　ちゃんとした服を買う余裕《よゆう》もないって思われるかもしれない。そのことをいうと、母さんがいった。

「そんなこといわないの、ラミッツ。アネータが大変なのは、分かってるでしょう」

でも、母さんも、今回ばかりは姉さんのいうままにはならなかった。姉さんはもう、ちゃんとした服を着なくちゃいけないんだ。八月から学校に通うんだから。母さんは、姉さんにジーンズとTシャツを買った。それから、新しいパジャマも。

姉さんは、ぼくのときと同じようにカウンセリングに通う予定だったけど、そのことをきくと、

「いやよ。どうせ、また足をつねられるんでしょ。だったら、学校に行くわ」

あっという間に夏になった。ぼくは、ファルディや弟たちとサッカーをしたり、自転車に乗ってベーネルン湖へ泳ぎにいったりした。気がつくと、もう八月だった。

どうにかなる?

姉さんは移民《いみん》のためのクラスに入ることになった。初日は、ぼくとファルディがいっしょだったけど、かなり緊張《きんちょう》しているみたいだった。授業中《じゅぎょうちゅう》は、ぼくたちが姉さんの両どなりにすわって、休み時間も相手をしてあげた。でも、数日たつと、姉さんはイラク人の女の子のとなりにすわるようになって、ぼくとファルディは自分のクラスにもどった。

勉強っておもしろい。ぼくが好きなのは、社会とスウェーデン語、姉さんは数学だ。姉さんは数学がよくできるから、もうすぐ上のクラスにあがるんだ。

姉さんは、がんばって勉強してる。大学に入って、審査官《しんさかん》になる勉強をしたいんだ。家庭を持って、子育てしながら、難民《なんみん》の子どもを助ける仕事をするのが目標なんだって。弟たちも学校は好きだけど、サッカーの方がもっと好きだ。サッカー選手のスラータンに夢中《むちゅう》で、こんな歌をうたってる。

「フー・イズ・ヒー？
ボールさばきは、だれにも負けない、
スラータン、スラータン
スウェーデン一の選手だ、
スラータン、スラータン
アイ・ラブ・ユー！　きみに夢中《むちゅう》さ、
スラータン・イブラヒモビッチ！」

シェンデルは、将来《しょうらい》の夢《ゆめ》がまた変わって、やっぱり警察官《けいさつかん》になって麻薬《まやく》の取りしまりをするそうだ。アーサンは、IT《アイティー》に興味《きょうみ》があってシステムエンジニアに、イェバートは、スラータンみたいなサッカー選手になりたいんだって。そういえば、イェバートは、もうおねしょをしなくなった。おねしょをやめたらブランケットをあげてもいいって、姉さんが約束したら、おねしょをしなくなったんだ。

ぼく？　ぼくは、どうしてるかって？　いろいろ考えて、ときどき、眠《ねむ》れなくなることがある。この先、どうなるんだろうって。

イワンはどうしてるだろう。メメットは、まだ、父さんに殴《なぐ》られてるんだろうか。いつかまた、二人に会えるといいな。

スーパーの前にいる、ロマの物乞《ものご》いたちのことも考える。毎日、見かけるんだ。ルーマニアかブルガリアか、コソボから来た人もいるかもしれない。それがこうして、ベーネシュボリィの通りにすわってる。段《だん》ボールの切れはしや、広げた布《ぬの》の上にすわって、手を差し出している。

ぼくも同じロマだ。ぼくのおじいちゃんやおばあちゃんだって、物乞《ものご》いになっていたかもしれない。戦争や差別が人びとを貧《まず》しくしてしまうんだ。どうしたらよくなるんだろう？

将来《しょうらい》のことも考える。洗礼式《せんれいしき》のとき、川に流したぼくの髪《かみ》の房《ふさ》は、スウェーデンに流れ着いたんだろうか？　ここで、しあわせになれるだろうか？　川が海へとたどり着くように、ぼくも自分の道にたどり着けるだろうか？

ぼくは、通訳者《つうやくしゃ》や支援員《しえんいん》になりたい。もうすぐ、準備《じゅんび》クラスから、普通《ふつう》のクラスに移《うつ》るんだ。みんなに受け入れてもらえるだろうか？　スウェーデン人の友だちができて、スウェーデンが自分の国だっていえるようになるんだろうか？　ほんとうに？

イエバートのいったことは、たぶん、正しかったんだ。きっとどうにかなる。

訳者あとがき

ラミッツの物語、いかがでしたか？　冒頭《ぼうとう》にもありますが、この物語は実話にもとづいています。物語に出てくるコソボ紛争《ふんそう》は、ラミッツのおじいさんが説明しているように、一九九〇年代はじめから二〇〇〇年代はじめにかけて、コソボをめぐって起こった紛争《ふんそう》です。コソボに暮《く》らすセルビア人とアルバニア人が、それぞれコソボを自分たちだけの領土《りょうど》だと主《しゅ》張《ちょう》してゆずらず、紛争《ふんそう》に発展《はってん》してしまいました。ロマ人は、かつてはジプシーとよばれて各地で差別を受け、土地を追われて移動《いどう》生活を余儀《よぎ》なくされてきた歴史を持つ民族です。彼《かれ》らの一部は、コソボに暮《く》らし、紛争《ふんそう》に巻《ま》き込《こ》まれてしまいました。

コソボ紛争《ふんそう》により、多くの人たちが難民《なんみん》となって、他の国々へ逃《に》げてきました。現在《げんざい》は、シリアで紛争《ふんそう》が起こり、膨大《ぼうだい》な数の難民《なんみん》がヨーロッパの国々へ押《お》しよせ、問題になっていますが、同じようなことが十数年前にも起こっていたのです。

ヨーロッパの国々の中でも、ドイツとスウェーデンは、特に積極的に移民《いみん》や難民《なんみん》を受け入れている国です。スウェーデンの学校で、ラミッツはまず、移民《いみん》のためのクラスに入りましたが、スウェーデンでは、移民《いみん》の支援策《しえんさく》の一つとして、スウェーデン語を学べるクラスが設《もう》けられています。大人向けのクラスもあり、無料で通うことができます。ラミッツのお父さんも、そのようなクラスに通ってスウェーデン語を学んでいました。

また、物語には、ラミッツたちがスウェーデンの永住権《えいじゅうけん》を獲得《かくとく》するために親身になって助けてくれる、「善《よ》い人」マリアが登場します。スウェーデンには、マリアのように、移民《いみん》や難《なん》民《みん》たちの生活のサポートをしてくれる役割《やくわり》の人びとがいます。移民局《いみんきょく》での尋問《じんもん》に立ち会ったり、住む場所の手配をしたり、身寄《みよ》りのない難民《なんみん》の子どもの世話をしたり、ときには、彼《かれ》らの心の支《ささ》えになったりもします。

しかし、こうした手厚《てあつ》い支援《しえん》があっても、移民《いみん》たちが新しい国で暮《く》らしていくのはとても大変です。その国での永住権《えいじゅうけん》が得られなければ、いつ国を追い出されてしまうとも限《かぎ》りません。ラミッツたちは、ドイツからコソボに送り返されてしまいましたが、そのようなことも実際《じっさい》、ひんぱんに起こっています。今までいっしょに遊んだり、勉強したりしていた友だちが、ある日突然《とつぜん》、強制送還《きょうせいそうかん》されて、いなくなってしまうということもよくあるようです。

永住権《えいじゅうけん》が得られたとしても、言葉の壁《かべ》や移民《いみん》という理由で差別されて、なかなか仕事につくことができないという問題もあります。生活に困《こま》って、路上で物乞《ものご》いをする人たちも少なくありません。

中でも問題になっているのが、ルーマニアなどからやってきたロマの物乞《ものご》いたちです。物語の中でも、ラミッツのお父さんが、物乞《ものご》いをしている女の人にお金をめぐんであげたり、ラミッツが、路上で見かける物乞《ものご》いたちについて考えたりする場面があります。スウェーデンでは今、路上で物乞《ものご》いをしているロマ人たちがどんどん増《ふ》えています。スーパーの前を通ると、物乞《ものご》いが座《すわ》ってコップを差し出している姿《すがた》をよく目にします。彼《かれ》らは自分たちの国でひどく差別され、学校に通えなかったり、住む場所を追われたりして、働くこともできず、ヨーロッパの他の豊《ゆた》かな国々で物乞《ものご》いをした方がまだ暮《く》らしていけると、やってくるのです。

スウェーデンでも、こうした物乞《ものご》いが路上にあふれているのは目障《めざわ》りで、禁止《きんし》しようとする意見が出てきました。物乞《ものご》いや移民《いみん》たちが貧《まず》しさから犯罪《はんざい》を起こし、治安が悪くなっているとか、移民《いみん》たちに対する手厚《てあつ》い支援《しえん》が国の財政《ざいせい》を圧迫《あっぱく》して、国民の負担《ふたん》が大きくなっているとして、移民《いみん》の受け入れに反対する人たちも増《ふ》えてきています。

しかし、こうした排斥《はいせき》の動きは、同じ民族どうしでも起こりうるのです。物語では、ラミッツたちを中傷《ちゅうしょう》する匿名《とくめい》の手紙が移民局《いみんきょく》に送りつけられ、一家は、危《あや》うく強制送還《きょうせいそうかん》されそうになりました。手紙を書いたのが一体だれなのか、物語の中では語られていませんが、作者によると、実は同じロマ人の仕業《しわざ》だったそうです。ラミッツたちは、教育を受けることができ、住む場所や仕事もあり、比較的《ひかくてき》めぐまれた環境《かんきょう》にあったため、それをねたんだロマ人がいたのです。同胞《どうほう》どうしでさえ、相手を陥《おとしい》れ、追い出してしまおうとするようなことがあるのです。

戦争や差別が人びとを貧《まず》しくしてしまうんだ、とラミッツはいっていますが、差別や貧困《ひんこん》は、人の心までもすさんだものにしてしまうのでしょう。どうしたらよくなるんだろう、というラミッツの自身への問いは、わたしたちへの問いかけでもあるようです。わたしたちみんなが、これからもっと考えていかなければならない大切な問題です。

さて、大人になったラミッツは、支援員《しえんいん》になるという夢をかなえて、今では、学校でロマの生徒たちを支《ささ》えているそうです。差別や偏見《へんけん》に苦しんできたラミッツは、きっと人の心の痛《いた》みの分かる、やさしく、りっぱな支援員《しえんいん》になっていることでしょう。

二〇一五年十一月

きただい　えりこ

作者／グニッラ・ルンドグレーン（Gunilla Lundgren）
1942年、スウェーデンに生まれる。教師として働くかたわら、ロマ人の生徒たちをモデルにした物語を書き、作家としてデビュー。以来、主に移民や少数民族の人びとを取材した作品を多数発表している。その功績により、数々の賞を受賞。

訳者／きただい えりこ
1984年、埼玉県に生まれる。早稲田大学第一文学部卒業。スウェーデンに留学し、児童文学を学ぶ。現在はスウェーデン児童文学の翻訳と紹介にたずさわる。よみうりカルチャー荻窪スウェーデン語講師。

（イラスト）アマンダ・エリクソン

ラミッツの旅 ― ロマの難民少年のものがたり ―

2016年1月 第1刷発行
作者／グニッラ・ルンドグレーン
訳者／きただい えりこ
発行者／浦城 寿一
発行所／さ・え・ら書房 〒162-0842 東京都新宿区市谷砂土原町3-1 Tel.03-3268-4261
印刷／東京印書館 製本／東京美術紙工 Printed in Japan

ISBN978-4-378-01517-0 NDC993
http://www.saela.co.jp